U0569351

想象与期待

——创新驱动下粤港澳大湾区的文艺未来

中国文艺评论家协会
中国文联文艺评论中心　编
广东省文学艺术界联合会

中国文联出版社

图书在版编目（ＣＩＰ）数据

想象与期待：创新驱动下粤港澳大湾区的文艺未来 / 中国文艺评论家协会，中国文联文艺评论中心，广东省文学艺术界联合会编．-- 北京：中国文联出版社，2023.10

ISBN 978-7-5190-5318-5

Ⅰ.①想… Ⅱ.①中…②中…③广… Ⅲ.①文艺评论－中国－当代－文集 Ⅳ.① I206.7-53

中国国家版本馆CIP数据核字（2023）第170516号

编　　者	中国文艺评论家协会
	中国文联文艺评论中心
	广东省文学艺术界联合会
责任编辑	曹艺凡　张甜
责任校对	秀点校对
装帧设计	爱吉骏文化

出版发行	中国文联出版社有限公司
社　　址	北京市朝阳区农展馆南里10号　　邮编　100125
电　　话	010-85923025（发行部）　010-85923091（总编室）
经　　销	全国新华书店等
印　　刷	北京顶佳世纪印刷有限公司
开　　本	710毫米×1000毫米　　1/16
印　　张	13.5
字　　数	169千字
版　　次	2023年10月第1版第1次印刷
定　　价	68.00元

版权所有·侵权必究
如有印装质量问题，请与本社发行部联系调换

《想象与期待——创新驱动下粤港澳大湾区的文艺未来》
编委会

主编　　　　　徐粤春

副主编　　　　袁正领　　林　岗

执行副主编　　王庭戡　　梁少锋　　陈江梅

编辑　　　　　袁晓燕　　卢曙光　　古梁金

　　　　　　　王筱淇　　向　浩　　唐　晓

目录

001 从人文地理学角度看湾区文艺的意义
高建平

011 港产纪录片《无穷之路》的多重突破
——刍议国家叙事的香港参与
陈少波

020 大湾区科技艺术文创旅游发展策略
胡恩威

024 澳门音乐传统与湾区人文创新
戴定澄

031 湾区文艺在交融,创新未来看青年
宋 达

035 发展与大湾区特质相适配的审美文化生态
西 沐
路 昕

045 大湾区文学的历史必然性
朱寿桐

049 打破要素流动瓶颈,打造大湾区文艺创作"共同体"
范 周

053 粤港澳大湾区电影创新的机遇与挑战
赵卫防

059 大湾区语境下文化艺术的机遇和使命
　　梁　江

065 本土文化的兴起与转变
　　——20世纪90年代以来香港的传媒与文化研究
　　曾一果

073 广东摄影：多元身份的当代演进
　　李　楠

077 纪录片在增进地区文化推广与交流、提升话语权方面的实践价值
　　——以一部澳门纪录片的制作案例为例
　　何　威

085 中国共产党百年文艺实践品格与价值追寻
　　肖向荣

088 承先启后的创新实践
　　张紫伶

093 从文学史看文艺的创新机制和它的启示
　　林　岗

102 试谈"南方电影"
　　——一种美学与历史的建构
　　陶　冶

110 从岭南到大湾区：重教崇文的古今气象
　　谢柏梁

120 区域·文化·想象：大湾区传统舞蹈的文化传承与共享
　　——以"岭南舞蹈"为例
　　仝　妍

123　《理惑论》：解码岭南文化精神的钥匙
　　　　陈桥生

131　重塑：文化自信与群众文艺
　　　　何蕴琪

140　粤剧正青春
　　　　——粤剧传承与创新的实践与感悟
　　　　曾小敏

145　大湾区传统文化的发展观
　　　　赖　莎

151　用数字媒体讲好大湾区故事
　　　　冯应谦

158　让书法成为粤港澳大湾区文化融合的纽带
　　　　吴慧平

164　文化产品多元发展　文艺评论任务艰巨
　　　　贾　毅

169　融媒体时代呼唤赛博(cyber)批评家
　　　　滕　威

附：首届粤港澳大湾区文艺创新论坛"优秀文艺创新案例"

175　时代先声——广州文艺百年大展

181　"中国油画第一村"的"脱胎换骨"
　　　　——大芬油画村的华丽蝶变

186 戏曲电影的"破圈"之作
　　——《白蛇传·情》

190 纪录片是文化认同最好的媒介
　　——以纪录片《回响》制作为例

195 小榄菊花会

200 跨海长虹
　　——陈许港珠澳大桥主题油画展

从人文地理学角度看湾区文艺的意义

高建平
中国文艺评论家协会顾问
深圳大学美学与文艺批评研究院院长、教授
中华美学学会会长
中国中外文论学会会长

近年来，出现了众多将人文地理学用于文学艺术史研究的成果。这是一个具有创新性的思路，许多过去被归结于时间的现象，实际上可用基于空间的理论来解释。纵向的历史发展，与横向的地区间差异的形成和相互影响，是交织在一起的。一些过去呈现出的历时性线性发展图式，在进入历史细部时，却发现具有共时性的网状互动图式的存在。世界文化就像一张网，历史变迁常常呈现为网上各文化结点的相互作用。

一、人文地理学与文艺的关系

文学艺术与地域有着密切的关系。世界文化是多样的：不同的地域，不同的生活方式，不同的文化传统，不同的语言，也就形成不同的文学艺术。中国也是如此，南方与北方，东部沿海和西北黄土高原，都各不相同。正所谓一方水土养一方人，同样，也养一方的文艺。

然而，过去对文学艺术的历史研究，都具有线性特征，主要对文学的体裁和风格，艺术的门类和样式的历史沿革，及其与时代、社会和政治关系的描述。

中国是一个地理多元、幅员辽阔、地区间有很大差异的国家。不同地域有着自己的传统、气候和发展状况。与欧洲相比，中国古代出现的是统一的中央王权下的王朝更迭，地方特点常常被遮蔽。尽管有时也有南北之分，但这种地方的差异，常常被忽视，或者被编织进线性的历史发展线索之中。

与此不同，在欧洲，早期的地中海沿岸的文明，与当地的气候、物产，也与海上文明的特点有着密切的关系。在跨海迁移中形成的希腊商业文明，与其他早期的大河流域农业文明，其特点有明显不同。此后，尽管欧洲在中世纪也呈现出一种基于基督教和拉丁文的普适性，但也有地方差异。到了近代，随着各民族国家的兴起，各国的文学艺术的特点得到彰显，我们看到了英、法、德、意、荷兰等欧洲各国在文化和文学艺术方面各自发展、风格特点各异的现象。

19世纪，法国文艺理论家丹纳写作《艺术哲学》一书，以种族、时代和环境三要素来论述不同地区文艺差异的原因。在这本书中，丹纳以植物为例，说明文学艺术发展受着三个因素，即"种族""环境"和"时代"

的影响。一棵果树的生长，受三个因素影响。树种、土壤和气候。橘子树苗长出的是橘子，苹果树苗长出的是苹果。种什么树苗，就长出什么果。一个树种要有适合自己的土壤，才能长好。"首先土壤不能太松太贫瘠；否则根长得不深不固，一阵风吹过，树就会倒下。其次土地不能太干燥；否则缺少流水的灌溉，树会枯死的。"[1] 第三是气候。足够长的夏天，温和的冬天，足量的雨水和充沛的阳光，这些都有利于一棵果树的生长。

丹纳所采用的树的比喻清晰简明，成为许多艺术史家便捷的分析工具。这本书也由于傅雷优美的翻译，在中国产生巨大的影响。这本书的优点是明显的，种族、环境和时代三因素，可鲜明地展现出艺术形成的物质性因素。这种思想可成为当代人文地理学的源头。但是，这本书的缺点也很明显：文化在这里是被动的。树的生长依赖于它的生物学特性和它所处的外在的环境，它的生存仅是被动地被环境选择，然而，文化则不是如此。

文化是人活动的结果，在与环境的互动中，人的主动性必然会体现出来。在评论丹纳时，马克思主义哲学家普列汉诺夫则指出了问题的另一面："泰纳（即丹纳）所举的例子也正好谈的是我们对于自然界在我们身上所引起的印象的态度。但是问题也正在这里：这些印象对我们的影响是随着我们自己对自然界的态度的改变而改变的，而我们自己对自然界的态度是由我们的（即社会的）文化的发展进程决定的。"[2] 普列汉诺夫指出了问题的症结。人与环境的关系，和树与环境的关系不同。人是社会的人，是从事着物质性生产的人。人的社会发展决定了人对环境的态度，也从本质

---

[1] [法] 丹纳：《艺术哲学》，傅雷译，人民文学出版社，1963，第33页。

[2] [俄] 普列汉诺夫：《没有地址的信》，转引自《普列汉诺夫美学论文集》，曹葆华译，人民出版社，1983，第333页。这里曹译泰纳，即傅译丹纳。

上定义着人与环境的关系。同样一条河,过去是阻隔人的天堑,而架了桥之后,就可以来往自如。同样一座山,过去是荒山秃岭,人可以去改造它,可以使山上长满果树。环境被改造后,人对环境的感觉也会发生变化。原来要翻山越岭几天才能到的距离,现在通了高铁,进入一小时生活圈,距离感、时间感就发生变化。在新的经验基础上会建立起新的文化来。

20世纪70年代所出现的人文地理学,对这种人与自然的关系作出精细的辨析。过去讲自然环境,实际上只是讲外在于人的自然。在这种话语语境下,研究者只是满足于讲述这种自然是"人化的"还是"非人化的"。人文地理学不追究是否人化,而是从环境的性质及人对环境的想象说起。我们所生活的环境有三种:一是荒野,二是田园,三是城市,三种环境构成三种美的理想。"荒野既可以代表混沌、代表鬼怪出没,也可以代表纯净。花园和农场代表着质朴平和的生活,但即便是伊甸园里也有蛇存在,乡间的房子会产生阴郁感,而农场只适合于农夫。城市代表着秩序、自由和荣耀,但也代表着世俗,代表着自然美德的崩坏,还有压迫感。"[1]这三种环境,与人的关系有着很大的不同。在其中,人的创造的成分,所展现的人所创造物的发展程度,均呈现递增趋势。新的环境就会产生新的经验,而文艺也正是在这种新的经验基础上生长起来的。

二、以深圳为例看文艺的人文地理特点

过去四十多年来,深圳作为经济特区,发展引人注目,成为改革开

---

[1] [美]段义孚:《恋地情结》,志丞、刘苏译,商务印书馆,2018,第372页。

放的一面旗帜，是全国改革开放的前哨阵地。在取得耀眼的经济成绩的同时，文艺方面也有一些不俗的成就，需要认真总结。深圳的文学、音乐、戏剧、美术等许多方面，在短短的几十年间，就有了丰厚的积累，更为重要的是，深圳走出了一条文艺发展的新路。深圳文艺的发展，可以给我们以启发。传统的文化特点是靠山吃山，靠水吃水。深圳的文艺有着自己的地理的特点，它的发展离不开沿海的环境，但又绝非仅靠水土养活。

我们前面讲到，环境有三个层次，一是荒野，二是田园，三是城市。

原始人所生活的环境是荒野。荒野带来的，不仅是质朴，也带来神奇。对他们来说，荒野是神灵鬼怪所在，是当时的人想象的对象。马克思在解释神话时，说神话是"用想象和借助想象以征服自然力，支配自然力，把自然力加以形象化"[1]。希腊神话正是在这种荒野中产生的。到了今天，荒野所起的则是另一种作用。对于当代人来说，荒野可意味着探险，也可表示对人世纷扰的逃避。

农耕时代，自然就成了花园和农场。人们对田园精耕细作，"晨兴理荒秽，带月荷锄归"（陶渊明：《归园田居》其三），将荒野变成田园，产生农夫的经验，也造就农夫的理想。"绿树村边合，青山郭外斜"（孟浩然：《过故人庄》），成为典型的田家的环境。乡村中蕴含着农家的快乐，当然也意味着保守、落后、宗法制和贫困。当然，对于现代人来说，田园就是家园，是到外面闯荡不如意时可以退守的地方。"那故乡的风，和故乡的云，为我抹去创痕"，说的就是这个意思。在解释什么是理想时，段义孚说，是去掉弱点和缺陷之后的现实。人们进城后离开了土地，淡化了对乡

---

[1] [德] 卡·马克思：《经济学手稿（1857—1858年）》，载《马克思恩格斯全集》第46卷上册，人民出版社，2016，第48—49页。

村的弱点和缺陷的记忆，却使家园美好的印象变得愈加鲜明。这时，就有了乡愁，乡村成了梦想中的家园。

城市与田园不同，是人创建的。城是政治军事的中心，而市是贸易中心，合在一起，就成了城市。城市代表着对乡村狭隘的视野，发展机会的缺乏，以至于贫困和落后，以及乡村族群宗法制度的摆脱。城市带来自由，发展机会的多样，以及代表着因生活在中心城市而由位置所带来的荣耀。城市也带来生活的不稳定，生活在陌生人之中所具有的不安全感，以及在困难时无所依靠而产生的无根的感觉。

城市的兴起，形成了人的城市生活的经验，也在此基础上生长出了独具特色的城市文化，以及作为这种文化组成部分的城市文艺。过去四十年的经济发展，中国的总人口，从以农村居多，到以城市占据着主体。这是城市文艺发展的基础。在全国各地，城市文艺正在迅速兴起。在这个大潮中，深圳的文艺有着其独特的特点：

第一，这是一种新的都市文艺。中国从20世纪50年代到70年代的文艺，以乡村文艺占据绝大多数。从柳青的《创业史》到浩然的《艳阳天》，都在写农村的阶级斗争。深圳文艺则不同，产生于深圳这座新兴的城市。深圳的都市文艺与19世纪法国和英国的批判现实主义，即与巴尔扎克和狄更斯这些人笔下的都市文艺不一样。巴尔扎克与狄更斯笔下所描绘的，是贵族的衰亡和新生的资产阶级的兴起所带来的城市社会阶层的变化，展示旧有秩序和道德如何消亡，历史如何以"恶"为自己开辟道路。深圳的都市文艺也与20世纪30年代上海的都市文艺不同。那一时代的都市文艺，有像茅盾的《子夜》那样反映民族资本家与官僚买办资本家之间的争斗，也有反映都市底层人所受的压迫和反抗的故事。深圳文艺文学不同于这些城市文学之处在于，对生活有着多方面的反映，有打工文艺、有底层生活，也有工商业的矛盾，展现出的是一个城市从无到有，迅速发展。这里有创业的艰难，有历史变迁的沧桑感，有对城市迅速成长的赞美。

第二，这是一种移民的文艺。深圳人来自四面八方，每一个来到深圳的人，带着自己原有的文化积累而来。这不是各地方文化的简单相加，而是各地文化相互吸收，又相互激发。深圳有一个口号："来了就是深圳人！"这句口号看似简单，却内涵丰富。作为移民城市，没有内外之分，也没有主客之分，大家都是为建设这座城市而来。这种心态，使这里成为文化的熔炉，在熔炉中提炼出新文化来。

第三，这是一种处于各种文化交汇处的文艺。深圳紧临香港，是改革开放的桥头堡。在20世纪80年代改革开放的大潮中，香港的文艺对内地有很大的影响。金庸的小说家喻户晓，香港歌星走上央视春晚的舞台。对于一河之隔的深圳来说，人员往来密切，互动频繁。同时，深圳文艺也背靠内陆。各方人士都常来深圳，中国的许多著名作家、艺术家、节目主持人，都有着自己的深圳故事。来往的人多，文化信息多，需求也多样，形成这个地方文化的独特的土壤。

最近四十多年来，深圳这个城市发展了起来。这个城市是改革开放这一基本国策实施的样板。从一个边陲小镇到一个大都市，这个城市的发展可以用经济数字来表示，但比起数字来更为重要的，是改革开放所赋予这块土地的强大创新活力。这种活力对于深圳的文艺来说，才是更为根本的东西。

深圳的文艺，有希望并正在形成一个新的有活力的中心。正如前面所说，文学艺术的历史，从来都不是线性发展的。中心与边缘会互动，边缘有边缘的活力，边缘也会形成新的中心。在历史上，文学艺术的中心在不断移动，这种移动会成为文学艺术发展的巨大动力。一部纵向与横向结合的对文学艺术历史的描述，才更加接近历史的真实。对于当下的学人和文艺评论家来说，应该关注这一现象，在历史发展进程中去助推，尽自己的最大的力量。

三、文艺中心的作用与湾区文艺新中心的形成

对文艺的人文地理学研究，需要依照从自然到人，再到文艺这一顺序。从荒野到田园，再到城市，人的活动及其积累的因素不断增加。人文地理学重视从地理到人文的研究思路。

近些年，一些研究中国文学史的学者，兴起了一股从人文地理的角度研究文学史的热潮。确实，在上古时，北有《诗经》，南有《楚辞》，在中古时，北朝的刚劲与南朝的柔美，都是特色鲜明。在中国的众多的地方，形成了众多的诗派、画派、乐派和地方剧种，这些都与地方文化的特点联系在一起。

明代的董其昌讲画分南北，称为南北宗，各自形成不同的发展线索。到了清代，在绘画上北有北京的"四王"，南有扬州的"四僧八怪"，到了晚清又出现岭南画派。民国年间，北平和上海分别成为文学的中心，从而有京派、海派之分，此后，香港也成为一个新的中心。

文学艺术原本是依地域而区分，从人们的"在地"经验中生长出来。但是，文学艺术的生长是极其复杂的现象。文化是一张网，网上有结，以其结点为中心而相互连接。一些文艺的中心，并非由于地方的自然特点形成，而是依托一些城市而形成文化上的中心。这些文化中心的形成，常常依赖于这些地方的经济、政治、交通情况，同时也有种种文化上的机缘。

从事城市研究的人区分出两种大城市，一种是中心城市（central city），一种是巨型城市（mega city）。中心城市可以是巨型城市，但巨型城市并不等于中心城市。人口众多，城市规模大，只是巨型城市，并不等于文化上有创造力，只有在文化上有创造力的城市，才是中心城市，才能成为文学艺术的中心。

中心具有一种虹吸的力量，将周边的人才吸引而来，使地域的特征得到集中体现和发展。中心城市将文学艺术家们推出，形成平台，文学艺术家们在这样的平台上，在这种城市所营造的氛围中成长和成名。清中叶的"扬州八怪"，并非都是扬州人，但当时作为中心城市的扬州，却成为被称作"八怪"的一批艺术家活动的舞台，成就了他们在艺术史上的地位。民国年间的京派和海派作家，大都不是北平人或上海人。来自南方的朱自清、朱光潜、沈从文成为京派文人的代表，而来自东北的萧军、萧红，却融入了海派的大潮之中。这些中心城市使他们各自得以成就。地方培育人才，人才使地方扬名。这种现象，在世界上屡见不鲜。文艺复兴时期的罗马、佛罗伦萨，此后的巴黎、伦敦，20世纪的纽约，都是如此。一些欧美的都市成为文学艺术的中心，各地各国的艺术家奔向这些地方，交流、学习，建立世界影响，而这些人也进一步扩大了这些城市的名声。

改革开放的四十多年，广东城市群崛起，为当今的大湾区文化的发展打下了基础。这个地方在近代以来开埠较早，有岭南文化的传统。如果说，晚清的士大夫感受到了三千年未有之变局的话，那么，这里是最早感受到这个变局的地方。当今，经过这四十多年的发展，积聚了强大的经济实力，也培育了文化上生机勃勃的活力。湾区各城市的文化多元，有着各自的特色，香港、澳门、广州、深圳，还有惠州、东莞、中山、佛山等各个城市在文化上各不相同。随着交通网络的便利发展，会逐渐融合成一个交流更为便利，各自特色得以保持的整体。在这个整体中形成的文化力量将是巨大的。作为全国和全世界文化网络上的一个结点，这里是新的文学艺术的生长点，又能对更大的范围产生巨大而深远的影响。

结语：中心的形成及其力量

人与地是联系在一起的。人从属于地，但又不是像树一样，只是被地域选择。一方水土养一方人，也养一方的文化，但文化的聚集会形成中心。中心会具有吸引和提升人才的力量，这种力量又会进一步向更大的区域辐射。

粤港澳大湾区在文化上具有悠久的历史，多元的活力，曾对全国的文学艺术产生过重要的影响。这种地缘优势随着经济的发展、区域的整合，会进一步发挥出来，也有希望在国内和国际上发挥更重要的作用。

港产纪录片《无穷之路》的多重突破
——刍议国家叙事的香港参与

陈少波
全国港澳研究会理事
正思香港顾问有限公司总裁

港产电视纪录片《无穷之路》以差异化的视角和港式叙事，讲述中国扶贫故事，真实而感人，在香港和内地热播，叫好又叫座，成为2021年两地纪录片市场深受关注的文艺事件。《无穷之路》的突破，不仅仅在于它善于讲故事，精于传播之道，更在于它摆脱了香港影视剧、纪录片中惯常的对内地的刻板印象，开始以一种平视的视角来观察国家巨变。《无穷之路》的成功，将国家叙事与影视市场有机结合，有力地证明了港人参与国家叙事所能展现的巨大传播力与社会感染力，从而呈现出香港参与国家叙事的巨大发展空间。

由香港电视广播有限公司（俗称无线电视或TVB）制作的电视纪录片《无穷之路》，2021年在香港和内地热播，成为现象级的文艺事件。这部港产纪录片展现出香港本地制作人对于内地精准扶贫工作的深刻认知，不仅以独特的观察视角、具有冲击力的镜头语言和主持人别树一帜的风格令人耳目一新，而且深刻反映着港人国家认同的一次飞跃，成为港产纪录片创作的一个里程碑。这部参与国家叙事的港产纪录片，却能够赢取市场的高度认可，深得受众的广泛好评，为粤港澳大湾区文艺创新带来诸多的启示，也为我们未来做好国家叙事带来更多的启示。

一、作为样本的《无穷之路》：从叙事到传播

2020年12月3日，习近平总书记在中共中央政治局常委会会议上指出，"经过8年持续奋斗，我们如期完成了新时代脱贫攻坚目标任务，现行标准下农村贫困人口全部脱贫，贫困县全部摘帽，消除了绝对贫困和区域性整体贫困，近1亿贫困人口实现脱贫，取得了令全世界刮目相看的重大胜利"[1]。中国作为一个14亿人口的大国，历史性地终结了困扰国人千百年的绝对贫困问题，创造了人类灭贫历史的奇迹。英国《经济学人》曾赞叹地写道，在减贫脱贫方面，"中国是个英雄"。

对于中国这一历史性成就，内地文艺工作者创作制作了大量纪录片、电视剧和电影，也引起社会的强烈反响和受众好评。《无穷之路》的特别之处在于，它是一部港产纪录片，由香港本地的创作团队策划、采访、制作而成，展现的是香港人眼中的内地扶贫脱贫，而且在香港乃至海外华人社会都引起强烈反响。2021年8月，它开始在香港播出，不仅在香港本地

---

[1] 习近平：《中共中央政治局常务委员会召开会议 听取脱贫攻坚总结评估汇报》，《人民日报》2020年12月4日，第1版。

引起热烈反响，第一集首播就有超过93万观众收看，约占同一时段全港免费电视收视的六成，而且相关视频片段也在内地网络广传，豆瓣网对其评分高达9.5分，甚至称赞其为当年纪录片的"天花板"。

众所周知，无线电视是香港电视现代史的主要缔造者，在相当长的时期内以近乎垄断的市场地位塑造着香港电视市场生态，成为名副其实的"大台"，深嵌于高度市场化的香港舆论场，令香港人既爱又恨。近年来，香港不少力量在推动所谓的"拆大台"，试图削弱无线电视在电视市场的影响力，却从反面印证着无线电视的江湖地位。与此同时，随着内地市场的开放，无线电视也北望神州，重视开拓内地市场，加强与内地影视业的合作，希冀提升整体的市场占有率和全球华人社会的美誉度。无线电视素以粤语剧集和综艺节目见长，在纪录片领域特别是涉及内地题材方面，罕有佳作，而《无穷之路》可谓一鸣惊人，让市场看到无线电视在这个领域的功力，更令我们深刻意识到香港在国家叙事中的巨大潜力与活力。

扶贫脱贫是"最成功的中国故事"，是人类文明历史中的创举，不仅具有极强的历史纵深，而且在世界舞台上建构着宏大的中国叙事。但是，按照传播规律，这样的宏大叙事往往由于分量太重，反而并不容易在舆论场、在影视市场中传播。在一个高度市场化的舆论场中，如何讲述如此宏大、如此有分量的政治社会议题呢？《无穷之路》的成功，成为一个讲好中国故事、传播中国好故事的样本。

《无穷之路》片名中的"穷"字，并非原有的"穷尽"之穷，而是"贫穷"之穷。命名者巧妙地取其谐音，喻指消灭贫穷的道路，以此来展现国家精准扶贫工作的艰辛过程和丰硕成果。单就片名而言，《无穷之路》不落俗套，意味深长。片名之妙在于简洁易记且令人难忘，一方面展示着香港制作团队的市场自觉、传播自觉，市场早已高度深嵌于他们的创作意识之中，高度重视和尊重纪录片的传播规律；另一方面则蕴含着创作者对于大同社会的高度认同与追求，高度契合于中国人传统理想社会的价值观。无穷之路的路，既是空间之路，国家克服空间阻碍，将脱贫工作在地理上覆盖全中国，更是时间之路，体现着国人近千年的不懈努力，凸显当下伟大成就的里程碑意义。命名之妙，既体现着术的高超，更展现着道的体悟，意味无穷。命名是立意的体现，命名之妙体现立意之高远，《无穷之路》凸显的是人类共同的价值追求，在这个意义上超越普通的意识形态之争，而更能直达受众心灵。

《无穷之路》的视角始终是平视。制作团队始终将目光聚焦于那些脱离贫困的普通民众，聚焦于大时代大变局中的这些小人物，让他们讲述自己的故事，讲述自己脱贫前后生活的巨变，讲述他们最切身最朴实的体会。片中没有大道理的高谈阔论，只有一幕幕冲击眼球的画面，只有一句句质朴无华的话语。这里不仅没有官员的指点、学者的总结，更没有居高临下的俯视，始终以朴素而真实的镜头语言，来唤醒每一位受众的同理心，触动他们内心最为柔软的部分。平视的视角，不仅是人性的视角，更是受众的视角，也是最能够打动受众的视角，从而成为更能广为传播的视角。

作为香港本地制作，《无穷之路》始终以港人的叙事方式来讲述内地的扶贫工作。这个方式显然与内地制作团队不同，而制作方之所以如此选择，是因为港人才是此片的主要受众所在，香港社会乃至海外华人社会才是此片设想中的主要市场所在。制作者无疑更为了解香港受众的口味，知道哪些故事是港人想知道的，哪些画面是能够打动港人的，而香港受众的口味往往与海外华人社会的口味较为接近、趋同。于是乎，以港人或者海外华人的叙事方式和话语来讲述国家事务，形成差异化的解读与表达，由此产生新鲜感，制造出视听的张力，从而顺利"收割"海内外受众的广泛关注与认同。

这种差异化是双重的。画面中内地那些昔日的贫困县和绝对贫困人口，其生活状态与港人或者海外华人的日常生活存在着巨大的反差，例如《无穷之路》第一集中，女主持人攀爬长达 2000 多级的"天梯"到悬崖村采访的惊险画面，令许多受众难忘。受众随着镜头走近国家的扶贫工作，见证绝对贫困人口的"无穷之路"，他们的视觉受到冲击，他们的心灵受到震撼。凝视者所感受的冲击与震撼，首先来自其与被凝视者之间日常生活状态的巨大反差，更来自被凝视者生活状态巨变的反差。香港和海外受众透过镜头，凝视着一个与他们过往理解的完全不同的内地社会。透过扶贫工作这扇窗，港人直观地观察到内地社会的沧桑变化，更能从中感悟中央政府的伟大，而这种国家叙事与他们过往在香港媒体、海外媒体上所看到的完全不同，同样形成强大的反差。在《无穷之路》的镜头背后，中央政府的形象变得更为亲切，国家叙事也更有说服力和感染力，中国的道德形象更加高大。

《无穷之路》的成功，既是叙事的成功，更是传播的成功。一部纪录片佳作，不仅要善于讲好故事，而且要善于让更多的受众看到、听到这个故事，不仅要精于制作，而且要精于传播。要精于传播，首先要尊重市场、尊重受众、尊重传播规律，也只有基于这样的考量，才能选择适当的视角和题材，讲好故事。《无穷之路》选择平视视角与港式叙事，以反差吸引受众的关注，从共情赢得受众的关注，从而既叫好又叫座。

二、作为转折的《无穷之路》：刻板印象的破冰

《无穷之路》是近年来香港纪录片中罕见的突破之作，其突破不仅在于其传播效果，更在于对于港人惯常刻板印象的破除。

香港电影产业蓬勃发展，特别是在 CEPA 签订之后，进一步深入内地

市场，加强了与内地业界的合作，获得了更大的发展空间。与商业剧情片相比，纪录片不仅创作群体较小，作品数量不多，而且起步较迟，并始终缺席于主流的影视颁奖典礼，属于长期被忽视的片种之一。就作品的题材而言，除了个别创作者关注文化、科学题材之外，香港纪录片从20世纪80年代以来，大多取材自各种本地的社会矛盾，专注揭露社会现实，而在资金、题材等种种局限之下，也较少取材于内地。令人扼腕的是，近十年间，部分香港纪录片创作者与乱港势力相呼应，拍摄多部记录香港"街头运动"的纪录片，以影像为其助威，令香港纪录片的发展一度走上歧途。

在这一时代背景下，特别是置之于香港"由乱到治"的特定时空中来观察，《无穷之路》的问世和广受认同尤显难能可贵。她放眼神州，而不再仅仅局限于香港本地；她记录内地社会当下之巨变，而不再仅仅是记录古代中华文明的辉煌；她以举世瞩目的扶贫成就塑造受众的当代国家认同，而不再仅仅是文化中国的认同。更为重要的是，《无穷之路》所呈现的无线电视纪录片制作团队对内地的观察，体现出难得的没有被扭曲的正常思维，摆脱了港人惯常的刻板印象。

回归祖国后，推动香港人心回归一直是"一国两制"实践的题中应有之义，其中最为重要的是引导港人充分认识国情，正确看待内地发展，逐步改变对内地的偏见。总的来说，大部分香港人都有着浓厚的家国情怀，但是仍有一部分港人戴着有色眼镜看待内地，其对内地的刻板印象至少受到三个方面因素的影响：一是西方意识形态、自由民主价值观；二是由于香港经济发展相较超前，而逐步形成的优越感；三是香港媒体对内地负面新闻的放大。

体现在香港影视作品中，最具代表性的内地人物形象是阿灿，他是香港影视作品中第一个具有代表性的内地人物。1979年无线电视播出的电视剧《网中人》，由周润发扮演阿灿——一个偷渡到香港的内地人，成为香港人对内地人的代称，带着偏见。

香港回归之后，特别是内地电影市场逐步对香港开放之后，香港影视作品中带有歧视性的内地人物形象逐渐消失，也开始出现一些较为正面的形象。但是，仍有部分港人包括影视业者，并没有改变他们对内地形成的刻板印象。其中，较具代表性的是2017年接连获得第23届香港电影评论学会大奖、第11届香港电影导演会年度大奖和第36届香港电影金像奖最佳影片的《树大招风》。这部影片表面上是重现香港三大贼王的犯罪片，实则依然存在"刻板印象"的影子。

《无穷之路》的突破之处在于，它没有简单地讴歌、赞美内地和中央政府，而是用镜头忠实地记录内地社会当下的历史巨变，记录当代中国国力的迅猛崛起，以事实来展现中国共产党消灭贫穷的巨大决心与坚强意志，也就此非常自然地放下刻板印象。更可贵的是，主持人陈贝儿在片中与脱贫的民众一起，娓娓道来，摆脱了"他者"的旁观角度，更具"我者"的代入感，因而更有说服力、感染力。

三、作为启示的《无穷之路》：国家故事的香港尝试

《无穷之路》的突破与创新，对于整个粤港澳大湾区的文艺创新，对于未来国家叙事的香港参与，有着怎样的启示呢？

首先，只有植根当下、心怀"国之大者"的创作，才能真正感染受众，才能具有传播力。文艺创新真正的源泉和巨大的动力从来都来自现

实、来自当下。在百年未有之大变局的背景下，全世界关注的最大时代主题就是中国的复兴和全球新秩序的兴起。以此为题材，才能感受到历史的脉动，才能奏响时代的主旋律。《无穷之路》的成功和突破正在于此。我们的文艺创作，只有从人类命运共同体的角度出发，关注世界正在和将要发生的巨大震荡，关注中国正在和将要发生的重大进步，才能创作出真正的传世之作。整个大湾区的文艺创作始终要扎根于中国当下的现实，从现实中汲取创新的灵感与动力，深度参与国家叙事，筑牢命运共同体。

其次，只有立足湾区，放眼全球，才能为国家叙事贡献香港力量、湾区力量。粤港澳大湾区不仅仅是一个华南共同市场，同样是一个独特的中外文化交融区；大湾区的互联互通，不仅仅是交通层面的互联互通，也不仅仅是制度层面的互联互通，更应包括三地文化的互联互通，三地文化与海外文化的互联互通；大湾区发展战略也不仅仅是一个经济层面的发展战略，更包含着文化层面的发展战略。大湾区不仅仅在经济上是国内大循环、国际大循环的交汇点，在文化层面也是国内大传播、国际大传播的交汇点。大湾区既是海外文化进入中国的前沿，也是中华文化走向世界的突出部。在"十四五"规划中，香港须要构筑八大国际中心，建设中外文化艺术交流中心就是其中之一，国家在对外文化交流层面对香港赋予重任。因此，大湾区的文艺创新势必会有着特殊时空的自觉，既善于从大湾区自身的发展建设中汲取力量，挖掘题材，又善于立足大湾区，充分利用大湾区的优势，在面对海外的国家叙事中发挥香港特色、湾区特色。

特别值得指出的是，对于那些经过几个世纪的迁移、目前广布在海外的大批广府人、潮州人、客家人后裔，大湾区就是连接他们的居住国与祖籍国的文化走廊。以《无穷之路》为例，它所讲述的中国扶贫故事，不仅在香港和内地深受欢迎，而且也激起东南亚、澳大利亚、欧美等地海外华人的共鸣。

习近平总书记在香港回归二十周年庆典的重要讲话中提出"三个相信"——相信自己、相信香港、相信国家。[1] 在经历过风风雨雨之后,重温总书记这篇重要讲话,对于"三个相信"有着更深的体会,而《无穷之路》的成功就是一个非常重要的佐证。事实证明,香港的制作人、电视人、文艺创作团队大多数人都有着深厚的家国情怀。只要加以引导,加强沟通,他们不仅能够摆脱长期形成的刻板印象,而且能以他们独到的观察视角、精细的制作水平、成熟的市场运作,深度参与国家叙事,带来内容、传播层面的突破。

香港正进入由治及兴的关键发展期,香港的中外文化艺术交流中心建设方兴未艾,势必将带动整个粤港澳大湾区文艺创新蓬勃而起,势必会涌现更多的优秀作品,不仅有助于改变部分港人对内地的刻板印象,不仅有助于进一步增强港人对国家的认同感、自豪感,而且还能够为国家叙事贡献更多的香港力量、香港智慧、香港创意。

---

[1] 习近平:《在香港特别行政区政府欢迎晚宴上的致辞(2017年6月30日)》,《光明日报》2017年7月1日,第2版。

大湾区科技艺术文创旅游发展策略

胡恩威

中国文艺评论家协会会员
香港专业艺术团"进念·二十面体"联合艺术总监暨行政总裁

  如今,粤港澳大湾区已经跻身世界最重要的科创中心之一,拥有家电、电讯设备、无人机、生化基因排序、大型汽车、通信等名列世界前茅的公司。如何利用科技推动大湾区文创旅游发展,是大湾区各城市未来需重视的方向之一。这相关领域的最终目标,就是提升大湾区整体的文艺水平。透过科技促进文化艺术发展,造就更多人才以及创意生态,令大湾区的软实力进一步加强。

  发展软实力必须由教育开始。目前大湾区的文创教育模式仍有一些地方需要改善。可以从"长三角模式"中取经,长三角区域有着庞大的创意教育体系,由大学以及各种类型的工艺技术学校,营造了一个以上海为核心的长三角创意产业区域,提供了一个可资借鉴的样本。

另一个值得研究和学习的是日本京都和大阪地区，其中京都拥有以文创产业为本的游戏品牌任天堂。任天堂游戏是世界级的游戏平台，但是它不单只着重于官能刺激，也结合很多不同的文化和健康元素。任天堂的创办及其总部都在京都。京都虽是历史名城，但是京都地区的文创产业和教育系统非常兴盛。它联合了大阪区的科技公司及学院科研平台，形成了一个人才库。文创软实力关乎团队工作，需要有不同的硬软件。像正规军一样，需要有将军、有士兵，团队协助，以及不同类的硬件运作。故此，粤港澳大湾区若能善用创科优势，结合中国传统文化艺术的深厚底子，必然创造出更多更有感染力，以及一个更有文化、更广泛的湾区文化发展模式。

因而，大湾区建设的首要任务是加强教育布局。深圳和香港可以扮演更多合作的角色，建立更多以艺术科技为本的教育平台。例如，深港合作开发一所以艺术科技为主的艺术学院，配合广州美院的传统艺术家训练，再建立一所以科技为本的美术学院。深圳拥有各种科技公司及硬软件优势，可以进行创新以及培育人才。这样融合科技与艺术的学院若能成事，相信会培养出一批既会编程也会艺术的文艺工作者。

另外，文创产业需要大量技术人才，技工和工匠是非常重要的部分。如何复兴技工？传统的意义在于"人"，而"科技"和"人"的结合，必然要透过工艺。这个模式该如何做？值得探讨。

中华文化复兴有几个重点：第一，是书法。如何利用书法？首先是从"人"出发，但将科技与书法结合，则能进行更大创新，产生更多可能。故此，在这个模式下，一个新型的艺术科技学院，必然会带来更多创新和科研模式，而这个科研模式必然会带动文创及旅游产业的发展。

第二，中华文化复兴须以中华传统文化为本，再结合科技。例如内地很多京昆艺术大师在进行艺术创作时便已运用科技手段，笔者早在2002年的时候，便和京昆大师石小梅、柯军等合作，利用最新的投影及采编科技，进行不同类型的创新。再如，和上海戏曲学院张军先生的合作，就是利用最新的Motion Capture科技进行创新等。

第三，我们需要一个持续性的平台去吸引不同类型的实践者。在日本，学术和技术人员的地位是对等的。这也是目前我们需要关注的重要方面，即技术和学术之间的关系，应是互动和协调的。大湾区发展文创产业，需要建立自身的文创人才培育生态，由高端的研发到中小学的基础艺术文创教育，都要均衡系统地进行。近年来大湾区已经在推动幼儿教育的创新，但在高端的艺术科技人才开发和科研上，仍然有大量的工作需要做。因而，未来大湾区文创产业发展如何，取决于是否能够建立一个艺术科技教育研发平台和生态环境，利用科技优势，促进文化艺术发展，创新推动中华文化复兴。

第四，是文化旅游。浙江乌镇，是一个将传统文化和旅游结合得较好的范例。水乡文化结合不同档次的旅游项目，打造更加丰富的文化旅游资源。比照来看，大湾区富含岭南文化特色的围村及湾区沿海特色，也可以推动以中华文化为主题的文化旅游创新项目，可以是主题公园模式，可以是度假村模式，也可以是结合学习和教学的模式。再看以陶瓷著名的景德镇，大湾区可否建立以书法或者"非遗"为主题的公园？很久以前，香港有一座"宋城"，就是模仿宋朝，那是否可以建立以不同历史朝代为背景的主题公园？还有如香港中环老街这些旧式街区是否也可以变成主题公园模式？文化是变化万千的，讲好中国故事需要文化，因为有了文化，便有了内涵，有了内涵，创意才会丰富。

文化旅游在大湾区发展有很多可能性，而香港可以扮演着重要的角色，因为香港已经有很多国际著名的旅游酒店品牌，如国泰航空、半岛酒店、文华酒店、瑰丽酒店、太古集团旗下的酒店等，都可以很好地去协助开发和推动旅游。未来应该是更有创意、更有创新、更有文化地去发展文化旅游。

第五，是餐饮与文化。饮食文化是中华文化的重要组成部分。近年来，央视已经摄制了大量地方美食节目，在发掘美食的同时，也让美食文化得以丰富和发展。那么，我们的餐饮业该如何活化，如何结合生活，创造更多优质生活模式？这也正是文化创新可以做的事情。

第六，是中华文化和西方科学的对接。《易经》就是一个探讨中华文化与西方数码文化相联系的切口。《易经》的"0和1"和数码世界的"0和1"相似，但《易经》更宏大，它说的是宇宙故事。对应到大湾区发展上来，要在科学领域有所突破，就必须要从自身文化出发，再去对照西方文化，深刻批判借鉴西方文化，来进行自我创新发展。

大湾区未来发展需要建基于中华文化传统，建基于科技创新，构建一个基于中华文化传统的大湾区生活模式，形成一个全新的文化生态，不断提升大湾区的竞争力。

澳门音乐传统与湾区人文创新

戴定澄
澳门城市大学创新设计学院教授、博导
中国音乐家协会理事
澳门政府文化功绩勋章获得者

在国家政策和具体措施鼓励的支持下，粤港澳大湾区文化艺术的交流和人文创新方面的进展如火如荼，方兴未艾，人文艺术创新和相应的人文前景，已成为多方关注的亮点话题——这也是大湾区在蓬勃经济建设基础上，朝向未来进展的必由之路。事实上，大湾区今天发达的经济状况客观上为高质素的文化和文明之匹配提供了富有的条件和较为可靠的基础，其中，人文创新意识与行动成果是地区文化举足轻重的软实力之一，值得关注和探讨。

以粤港澳为主体构建的大湾区文化，既有着在不同历史背景下各自独特的表现，又实实在在地具有着同宗同源的岭南及至中华文明的同质性。在各具特色的体制下，如何梳理各地文化艺术中的本体表现和本源内涵，加以中肯、客观、学术的披露，再在严谨学术思辨意义上作比较分析和归纳综合，是文化创新的首要事项和重要基础。这类艺术、技术和学术并举的研究事项，可以遵从"城市文化—粤港澳三地文化—岭南文化—中华文明"的路线，在本土、地区、国家直至国际的不同层面上进行透视和平衡。

就澳门而言，其音乐文化特色同中西交融的历史传统和地理位置密不可分。澳门是欧洲西乐东渐的首站，也是中国大陆中乐南移的汇聚点，是中西文化碰撞之后并存和交融的地方。16世纪下半叶起，澳门圣保禄学院（现大三巴遗址）在相关音乐教学和演奏艺术活动、音乐知识和技术等方面，已经有了较为翔实的表现，例如当时有华人见闻："三巴寺楼有风琴，藏革柜楗中，排牙管百余，联以丝绳，外按以囊，嘘吸微风入之，有声鸣鸣自楗出，八音并宣，以合经呗，甚可听"，除了大型管风琴的"甚可听"，并有其他的"诸乐器"存在："寺首三巴……上有楼，藏诸乐器。"[1] 在1589年1月1日，四位外来使者"在圣保禄学院举行音乐会……他们一人弹竖琴，一人弹击弦古钢琴，另外两人拉小提琴"[2]。可见16世纪的澳门，已经有较为丰富的西乐状况，而这类记录也从某种程度上论证了西来音乐在澳门的人文背景和基础。以葡萄牙人为主体的西方人士来到澳门之后，不仅在教会礼仪中使用音乐，在自己世俗生活中同样享受音乐的乐趣，弹琴、唱歌以及伴随音乐起舞是他们生活中的重要娱乐方式。我们可以在文献记载中看到上述情景作为传统在十八九世纪的延续："1872或1873年10月17日……宴会后歌舞晚会立即开始……两人演奏罗西尼歌剧序曲……两人表演了威尔第歌剧的一段二重唱……"[3]，之后的一首歌剧五重唱被当

---

[1] 赵春晨：《澳门记略校注》，澳门文化司署，1992，第149、172页。

[2] 迭戈·结成：《圣保禄学院与日本教会》，杨平译，《文化杂志》第30期，澳门文化司署，1997年春季版。

[3] 潘日明：《殊途同归：澳门的文化交融》，苏勤译，澳门文化司署，1992。

时的评论家认为"未经排练能配合如此默契，简直不可思议"[1]。1931年，"澳门人早就把到戏院听歌剧和参加音乐会当成家常便饭，穿着燕尾服和晚礼服去岗顶剧院（Teatro D. Pedro V）"[2]。1932年的两则音乐消息报道称："葡萄牙艺术家的演出活动并未就此中止。5月，抒情男高音歌唱家罗梅里诺·达·席尔瓦（Lomelino de Silva）莅临澳门，据《澳门之声》的说法，他是葡萄牙的卡罗索（Caruso）……罗梅里诺·达·席尔瓦（Lomelino de Silva）是一位彬彬有礼的人，嗓音优美动人……由于他深受澳门大众的欢迎，演出当中受到热烈的喝采欢呼，自然给澳门人留下了良好的回忆。"[3]这一年"古典音乐方面的记录是著名的施尼德尔三重奏乐队（Trio Schneider）的演出。乐队由钢琴家巴朗·威廷赫夫·施齐尔（Barão Vietinghoff Scheel）、小提琴手连扎·瓦西兹（Remja Waschitz）和乐队创办人澳尔夫冈·施尼德尔（Wolfrang Schneider）组成……为庆祝作曲家海顿（Haydn）诞辰200周年，三重奏乐队以这位天才音乐家的《D小调奏鸣曲》（Trio em ré menor）开场，然后演奏了拉赫马尼诺夫（Rachmaninoff）的音乐片段，舒曼（Schuman）的《浪漫曲》（Romanza）等乐曲"[4]。"音乐构成澳门葡人的教育内容。很少有葡人家庭中不出至少一个弹奏某类乐器的人。人们喜爱的乐器是钢琴和小提琴，但有很多人弹奏其他

---

[1] 潘日明（Rev.Benjamin Videira Pires, S. J.）：《殊途同归：澳门的文化交融》，苏勤译，澳门文化司署，1992。

[2] 飞历奇：《澳门电影历史：有声影片时期》，《文化杂志》第23期，澳门文化司署，1995年夏季版。

[3] 飞历奇：《澳门电影历史：有声影片时期》，《文化杂志》第23期，澳门文化司署，1995年夏季版。

[4] 飞历奇：《澳门电影历史：有声影片时期》，《文化杂志》第23期，澳门文化司署，1995年夏季版。

弦乐器，如曼陀铃、中提琴、吉他和"埃卡里里"（eukalili）。狂欢节的节目就由孩子的音乐演奏助兴，取得无可置疑的成绩"[1]。而澳门自16世纪以来直至今天兴旺不衰的管乐表演传统，则更是大中华及周边地区难得一见的情景[2]。澳门的特有族群、以葡萄牙文化为主要精神归属、又有着东方文化血脉的澳门土生葡人的音乐生活也非常丰富，他们在家里举办沙龙、唱歌、跳舞、弹钢琴，也有固定的音乐活动周期，如20世纪上半叶有记载的、由19世纪30年代延续至今的澳门土生葡人乐队的盛况，当时每逢周四下午4—7时，土生葡人乐队在市政厅前广场表演，又或在节日的街头载歌载舞奏乐欢庆。

值得关注的是，由于澳门社会制度的宽松，民风的淳朴包容，不少中式民间乐种南移到澳门之后，受到此地根深蒂固的华人传统文化的浸润，在得以良好地延续的同时，又充分汲取了本土文化的养料，形成具有自己特色的传承。如口传心授、五代相承的澳门吴氏道乐，旧时广受市民欢迎的地水南音、粤讴、龙舟等说唱艺术，各类仪式中的八音锣鼓柜，自娱自乐的水上人家咸水歌，以及粤语儿歌、小调等源自大陆粤语区的中乐品种，其中部分品种已经分别被国家和澳门列入非物质文化遗产项目。也有来自其他省份的南移品种，如来自福建的泉州南音、拾音等，但不属于澳门主流民间音乐品种。各类音乐文化品种，在澳门这个历史平台上，可以并存，相安无事；可以持续，都有自己的传统。

在这种传统文化的基础上，无论西乐东渐还是中乐南移，在澳门这块

---

[1] 飞历奇：《澳门电影历史：有声影片时期》，《文化杂志》第23期，1995年夏季版。

[2] Dingcheng Dai, "Tradição musical das Bandas de Sopros em Macau: breve introdução Rotas a Oriente," *Revista de estudos sino-portugueses*, no.1(2022):18.

富饶的多元文化土地上都可以进一步交融而产生新的文化特点。

澳门有独有的土生（葡人）相应文化，土生葡人无论是其血缘关系还是文化精神，都有一种"混合"和"共融"的概念渗透在其中，他们将葡萄牙音乐因素同澳门华人文化相融，产生了一种独具特色的文化品种；又如西来的天主教礼仪音乐来到澳门后，在继承传统的基础上，又有了华人民族调式、华人旋律风格，并采用粤语歌词的弥撒音乐等体裁；再如中乐南移的澳门道教科仪音乐，来到澳门后广泛吸收了本地的粤语和地水南音等民间音调，将之非常自然顺畅地融入本土道乐之中；再如澳门的部分佛教瑜伽音乐的演奏方式，采用了道教的一些表现手法，其澳门特色为人所称道；再如与广东儿歌同宗同源的童谣，澳门同胞在歌词上加入了本地特有的文化元素，形成别具一格的形态；再如水上人家的咸水歌即兴创作，在澳门可以融入同本地特有题材相关的内容；等等。

应充分发挥澳门中、西相交的文化桥梁作用，积极主动投入人文湾区的创新发展之中。澳门开埠以来的四百余年间，无论中与西、宗教与世俗、经典与民间等各个范畴的音乐，都有较为清晰的历史线索和资料存留。澳门的中华传统文化，尤其是岭南文化根深蒂固，同时中西文化多元共融。回归祖国后，在以中华文化为主流、多元文化共存的交流合作基地的定位下，特区政府在发展经济的同时，对推动音乐文化不遗余力，而民众更充满音乐热忱，社情的包容、民风的淳朴，使澳门有着丰硕的当代音乐成果，这些成果既具有中华文化的基础底蕴，又有在此基础上自然形成的中西交融、兼容并蓄的气质，在今天的大湾区文化交流中有着独特的艺术价值。

相应于澳门，粤港两地同样有着深厚的音乐历史文化底蕴和各具制度优势的现实音乐文化表现，挑战与机遇并存。在大湾区音乐文化交流过程中，如何登高远眺、开阔视野，如何具体投入和担当起历史赋予的使命，如何持续不断地更新理念，使得大湾区城市在人文创新上互惠互利、相辅相成，最终成为以岭南音乐文化为代表的中华文明重要表现之一，并以此特色屹立于世界文化之林，是值得思考和不断探讨的课题。

就此，笔者有以下几点建议：

第一，设立文化联系机制和专项基金。在粤港澳大湾区各个城市之间，建立可持续进行音乐文化艺术联系的渠道和机制。在目前初定的周期性研讨会基础上，大湾区各地政府文化部门可建立类似于艺术联盟的专业委员会，对文化艺术交流和文艺评论建设作进一步研讨部署，设立专项艺术交流基金，建设三地文艺创新人才和学者的共同交流、研习平台，开放项目申请，并不断完善和优化有关政策和机制。

第二，梳理、交流、沟通湾区各地音乐传统文化。大湾区各城市在人文湾区交流中，应发挥各自地理和文化优势，总结自身文化特色，并在各地之间互通有无、交会互鉴，适时可由学者作比较性、综合性研究，将之作为湾区文化传统的重要组成部分作深入、完整记录。而相应的文化创意、创新创作，则可在湾区文化内涵基础上进行。就澳门而言，作为一个联系中西文化的桥梁或平台，既连接以岭南文化为基础的大湾区及至整个大中华文明，又联系以葡语国家为主的西方音乐文化，在对内加强人文湾区交流合作的同时，应进一步对外向葡语国家和其他欧美国家介绍和推广大湾区文化艺术。澳门的学术界积极将澳门和大湾区音乐文化向葡萄牙及欧美国家介绍推广，有着良好的反响。

第三，区域各城市之间互相延伸艺术活动。以澳门为例，近年来，大湾区不同城市的音乐表演和学术事项已越来越多地参与澳门政府及民间社团举办的各类音乐节、艺术节、学术研讨会等活动中；澳门不少音乐社团也主动"走出去",投入大湾区不同城市的艺术活动中,取得了成效。在可能的条件下,如何将国际音乐节一类的活动在大湾区城市扩展,既延伸音乐节的影响,又可突破澳门文化市场小的局限,是值得考虑的事项。当然,由于受新冠疫情影响,大湾区各地之间适当运用线上交流的方法不仅是客观需要,也是节省成本的方式。

第四,创办人文湾区艺术通讯刊物。由政府或社团基金会出面,以大湾区各城市相关艺术专家合作组成编委会,创办大湾区文化交流刊物,在约定出版周期的前提下,可由大湾区各个城市轮流担任主编单位,及时报道和介绍人文湾区在当地和他地的交流建设成果。

第五,鼓励和支持各种类型的人文湾区特色作品创作。条件成熟时,要充分发挥人文湾区的岭南文化特色,掌握今天天时地利人和的优势,可由各城市自行进行,也可在相关城市之间协力,创作各类反映当代湾区和中华文明传统特征的艺术作品,如对音乐领域相关题材的交响组曲、歌剧、音乐剧等作品,予以在大湾区城市,并在可能的情况下在全国以至国际范围里积极推广。

深信,随着大湾区人文创新的持续进展,一个同快速发达经济体相匹配的特色文化体系将会呈现于世界文明之林。

湾区文艺在交融，创新未来看青年

宋　达

腾讯集团市场与公关部品牌总监

作为扎根大湾区的互联网企业，腾讯有幸见证并亲历了这些年大湾区文艺的蓬勃发展。在此，我仅从腾讯的一些实践探索出发，谈一谈对大湾区文艺创新发展的认识，以及我们如何持续贡献自己的一份力量。

目前湾区文艺创新发展面临前所未有的时代机遇。有专家认为，随着粤港澳大湾区的建设深入，人文资源将会不断转化为旅游资源和经济资源。这也将成为"十四五"期间文化赋能经济发展的一个新起点。

中国粤港澳大湾区的发展饱含"人文"发展理念。其实自古以来，这一带便是文化交融荟萃之地。粤港澳三地同根同源，有着不可分割的地缘、文化血脉，同属开放包容、兼收并蓄的岭南文化，拥有内在共通性。

大湾区的文艺创新面临融合协同的挑战。我们一直坚信青少年可以成为推动大湾区密切交流、文艺创新的重要力量。2019 年，腾讯青年发展委员会、腾讯 QQ、腾讯看点联合发布首份《粤港澳大湾区新青年报告》。报告显示，22% 的湾区新青年有多重职业身份，相比全国其他省市地区的青年，他们更愿意去探索自我、实现创新；在遇到挑战时，他们更希望依靠自己的力量解决；他们拥有多元朋友圈的比例高于全国平均水平 15%。

我们可以看到，大湾区青年在接受多元文化、追求创新、探索自我等方面具有较明显的优势，这些优势显然有助于推动大湾区文艺发展走出特色之路。因此，如何联动湾区各地青年、挖掘湾区青年力量，将是大湾区文艺创新发展的关键所在。

作为"生于深圳，上市于香港，扎根于大湾区"的互联网企业，一直以来，腾讯都非常关注大湾区青少年的成长发展，并致力于推动湾区青少年的互联互信，推动大湾区文化的交融创新。全国人大代表、腾讯董事会主席兼首席执行官马化腾曾连续三年在全国两会建言粤港澳大湾区发展，多次建议国家和粤港澳政府着眼于促进大湾区青年人交流、沟通、理解和融合。

2017 年，腾讯成立"青年发展委员会"，由马化腾担任名誉主席。同年，我们联合三地政府、高校、企业共同发起"腾讯粤港澳青年计划"，开启腾讯粤港澳大湾区青年营。自此，每年都会有上百名来自粤港澳三地的中学生，在青年营里，深度走访了解湾区标杆企业和文化艺术机构，在实践中交流成长、交心交融。经过几年的迭代升级，粤港澳湾区青年营已经打造出包含"新科技、新文创、新商业、新体育"等多个模块的系列实践课程，带领三地中学生探索文化与科技的多种可能性，感受最前沿 AI 与音乐、动漫、棋牌文化的碰撞，鼓励他们用流行的 vlog 短视频玩法记录传统的岭南文化，等等。

我们看到了三地青年连接起来的巨大潜力，所以在青年营的基础上，2019年2月，腾讯继续发挥互联网企业优势，上线公益平台腾讯青年行小程序，以更普惠的形式，面向三地所有中学生开放报名。到目前为止，青年行平台将粤港澳三地乃至全国的164家名企、名校和机构连在一起，形成了"青少年成长共同体"，服务超过85万青少年。在青年行活动中，我们曾带领湾区青少年打卡深圳世界级设计艺术新地标——海上世界文化艺术中心，与高级策展人对话，也曾一同前往香港青年广场活字画工作坊，与非遗传承人交流非遗文化。

几年来，在一场场文艺实地参观中，在一次次与文艺从业者、文化传承者的近距离交流中，数万名大湾区青少年通过青年行的平台，对湾区各地的文化现状有了更切身的体会，也对未来充满了向往和期待。

2020年夏天，我们还和联合国驻华系统、12个联合国机构共同发起了"中国青年对话未来"系列活动，鼓励青少年积极提出对未来的创新想法，并在世界级的舞台上发声。在其中一场与联合国儿基会共同举办的"数字权益"主题的对话活动里，以传统文化为重要创作灵感的广东青年画家凌云登，在青年行的平台上，借此机会向联合国驻华代表提出了自己的方案。他提议让游戏和传统文化相结合，让游戏发挥更大的教育价值、文化价值和社会价值。他希望未来能有一款集合国粹的游戏，让更多人了解中国之美。

青年营和青年行给这些同学打开了一扇窗，他们从这扇窗里看见了更广阔的天地。我们也希望他们的未来能因此变得更加开放，也为大湾区的文艺创新带来更多的可能性。

致力于湾区内青少年文化交流之外，腾讯也面向全国青少年开展公益艺术活动。2017年，开启青年营的同年，我们还联合荷风艺术基金会，在河北雄安一所乡村学校启动了"腾讯荷风艺术行动"。腾讯充分发挥平台力量，联动线上线下教育资源，让更多乡村少年儿童能够通过突破时空地域限制，得到顶尖艺术家指导，甚至与艺术家同台演出，实现艺术梦想。到目前为止，我们在全国100个农村及偏远地区的乡村小学完成"互联网音乐教室"升级，覆盖新疆、四川、山东、甘肃、青海、西藏等10个省、自治区，将艺术的种子播撒到更为广阔的中国大地。

我们有理由相信，当这一代青少年逐渐成长起来，成为社会中坚力量时，一定能为大湾区乃至全国的文艺创新注入新的活力。而这些成长在新时代、很早就开始进行文化艺术交流的青少年，就是我们对创新驱动下大湾区文艺创新未来的想象与期待。

发展与大湾区特质相适配的审美文化生态

西　沐
中国文艺评论家协会艺术产业研究委员会主任
中国艺术经济研究院院长
上海大学中国艺术产业研究院副院长，教授、博导

路　昕
石家庄铁道大学四方学院艺术系讲师

　　新时代粤港澳大湾区在全球化与双循环战略议题中，面对新科技融合发展与新消费业态生发，要形成与其战略发展目标及定位，围绕新基础设施与数字场景建构，建立与培育相适配的审美文化，这是粤港澳大湾区文艺发展的基础，也是粤港澳大湾区文化建设及文化精神培育的基础，更是在新时期粤港澳大湾区经济政治社会发展的重要战略选择，这将为粤港澳大湾区新经济，特别是文化新经济的发展，以及为文化强国贡献文艺发展及文化建设方案的一个重要探索。

一、新时期审美文化发展的战略取向

在新时期,我们必须面对一个事实,那就是我国审美文化正在全面、系统地形成。审美文化的形成发展不仅仅对艺术消费的发展具有重要的影响力,而且对艺术审美、艺术创作,特别是艺术批评的影响极为深刻。

在新时代经济与科技进步的推动下,中国经济社会文化面临快速发展与转型,新的审美文化不断形成。在审美主义、消费主义及都市化潮流的融合中,当代中国艺术在发展过程中使得审美文化的走向日趋世俗化、工具化、碎片化、时尚化、新奇化、娱乐化、快餐化,并且几乎成为一种不可阻挡的潮流。如何沿着中国文化精神的向度,重新鉴视与体验雄浑的中国文化品格,正大光明的中国文化体格,在立足悠久的历史资源、丰富的民族文化形态中,一步步实现当代中国审美文化的重构,是一个重要而又现实的课题。

新时代中国经济、政治与文化的转型发展,事实上已经对中国审美文化的发展产生了深刻的影响。具体表现在以下七大冲击挑战和九大战略态势的发展上。

(一)审美文化的发展面临七大冲击挑战

一是美学转型对审美文化新时代的转型与建构带来的冲击,二是市场力量已经参与到艺术价值建构的进程并深刻改变着审美文化的发展取向,三是新消费形成的消费新业态的冲击,四是新科技融合的快速发展带来的冲击,五是艺术资源的特质为艺术业态价值判断带来的冲击,六是数字化新形态的快速发展带来的冲击,七是多样化、多样态、多元化的文化新消费的发展取向已经对审美文化的系统完整性与和谐性的生态发展造成了巨大的冲击。

(二)新时期审美文化发展显现九大战略态势

一是新时期审美文化发展的都市化态势,二是新时期审美文化发展的时尚化态势,三是新时期审美文化发展的快餐化态势,四是新时期审美文化发展的碎片化态势,五是新时期审美文化发展的便捷化态势,六是新时期审美文化发展的智能化态势,七是新时期审美文化发展的个性化态势,八是新时期审美文化发展的数字化态势,九是新时期审美文化发展的场景化态势。

二、大湾区为什么需要构建新型审美文化

构建新型审美文化体系及生态,是由大湾区特有的发展地位、发展机遇及发展的战略目标与任务决定的。

(一)发展的需要

发展从其本质取向上讲,其终极含义是实现人的全面解放与全面发展,是一个真善美的统一过程,这也是大湾区发展的一个重要的战略指向,是追求发展的初心。在这个过程中,如果没有一个健康向上又充满发展活力的审美文化来支撑保障,我们就难以有效保证这一战略指向的准确性与持续性。

（二）战略的需要

大湾区首先是一个现代化的经济区域，是中国最大的都市群，承载着中国经济在"两个一百年"交际之时及中华民族伟大复兴的前沿实践与探索的历史使命。如何在经济多元化、科技化、文化艺术化等新的消费形态发展中，更加重视把握文化软实力建设的特点和规律。加快转换新资源、新经济、新赛道，充分发挥文化新经济的加速效用，保持正确的经济发展方向与强化发展战略定力，离不开审美文化的支撑融合。

（三）精神培育的需要

大湾区不仅仅是经济与科技发展的先导区，更是先进文化的实验示范区。历史一再证明，一个没有文化精神与区域精神特征的区域，即使其经济与科技如何发达也不能弥补灵魂与发展方向的缺失，注定难以持续，更难长远。所以，建构新型的大湾区审美文化，就是更好地培育与建构大湾区精神及其文化精神，为大湾区的持续与长远发展打下坚实的基础。

（四）产业发展的需要

文化与新科技融合与跨界发展，已经成为产业经济发展的一个大的战略趋势。大湾区作为文化先导与经济科技聚焦区，产业创新发展活跃度高，创新能力强，特别是对于文化新经济这一新业态的发展，可以说是得天独厚。文化新经济是一个有灵魂有立场的经济形态，其发展离不开健康向上又充满活力的审美文化沃土与基础。

（五）生态发育的需要

大湾区的形成与发展是国家战略层面下区域整合的结果。大湾区所面对的是一个文化多元、经济结构丰富、科技发展状态与环境多样、生活方式有巨大差异的区域现实整体。在这种情况下，最大的问题是如何发挥整体效应，推进协调系统化的发展。在这个整合的过程中，首先需要建构不同层次、不同类型的生态系统与体系，如经济生态、科技生态、教育生态、文化生态等。其中，最为重要的基础就是建构积极向上，充满生命力的文化生态。

三、构建大湾区审美文化的价值取向

（一）融合开放、多元一体的价值取向

粤港澳大湾区审美文化的建设需要形成以中华文化为核心、岭南文化为主线，融合开放、多元一体的文化生态。这就需要我们着重关注大湾区的区域发展特点和文化特色优势。在大湾区的发展中必须重视形成文化共识，寻求一体中的多样化、个性化表达。强调不同的城市文化精神面貌，取长补短，协力同行，培育有利于现代文化交流和大众创新意识的氛围环境。

（二）传承优秀文化，塑造人文精神的价值取向

传统文化不仅仅是一种精神财富，更是一个民族独特的战略资源。大湾区作为建设世界级城市群和中国参与全球竞争的重要空间，其文化软实力是未来区域综合竞争力的重要体现。大湾区城市群在地域上紧密相连，具备深厚的人文积淀和广泛的历史情感认同，塑造和丰富湾区人文精神内涵，在更高的水平上以更大的魄力推动湾区文艺事业高质量发展。

（三）推动与支撑大湾区守正创新的传统文化现代化表达的战略发展的价值取向

推动大湾区作为一个整体进行更深层次的交流、融合、发展就必须立足于形成文化共识和身份认同，而这有赖于大湾区通过对于传统文化的守正创新，持续激发传统文化的生命力。坚持守正创新，就是要充分挖掘优秀传统文化的核心精神；就是要坚守中华文化立场，根植于时代生活，以高度的文化自觉和自信，实现传统文化的创新性、时代性表达。

（四）建构适宜于新科技融合发展及新业态快速生发的先进生产力的发展的价值取向

湾区文化资源和要素互补性极强，强调文化与经济、产业的融合，加强文化资源优势，将多样丰富的资源转化为具有创新性的现实生产力。推动大湾区文化资源与科技、制造、商业、旅游等产业的融合，加速打造大湾区文化产业圈，持续促进新兴产业及新业态的生发。

（五）建构平台化交流机制，推进形成文化共识的价值取向

推动粤港澳大湾区文化交流融合，加快文化交流平台建设，及时分享粤港澳三地的发展新诉求、新问题和新举措。要对优秀文化特别是世界级湾区商业文明的先进因素进行汲取借鉴，探寻共同的商业伦理，进一步促进商业贸易发展。通过各类文化活动强化传播效应，促进港澳同胞对内地生活方式、价值理念、思维方式、发展观念的认知度和认同感，塑造富有特色的城市文明生态，把粤港澳大湾区打造成为"一带一路"人文交流的重要联系纽带。

（六）坚定文化自信，繁荣文化事业和文化产业的价值取向

文化自信能够为一个地区、一个国家和民族带来更深刻、更持久的前进力量。文化和旅游部、粤港澳大湾区建设领导小组办公室、广东省人民政府联合印发的《粤港澳大湾区文化和旅游发展规划》中提出"增强国家意识和爱国精神，坚定文化自信，坚守中华文化立场，繁荣发展粤港澳大湾区文化事业和文化产业"。文化自信的基础在于传统文化的继承与创新，通过传统文化资源的活化使其焕发时代光彩。

（七）基于文化能力建设的新型传播媒介与体系，建构走出去的全球化方案的价值取向

通过对于新型传播媒介融合发展的创新实践，形成资源集约、结构合理、差异发展、协同高效的全媒体传播体系。[1] 大湾区城市群不仅仅作为我国新时代经济发展的"增长极"，也是文化新经济发展的最为活跃的领域，更是构建新时期文化生态系统的"桥头堡"。大湾区的文化建设应该成为实现优秀传统文化的现代化创新与中华文化对外传播与交流融合的前沿与突破口。

四、大湾区审美文化体系及其生态培育

（一）粤港澳大湾区审美文化体系及其生态培育要有明晰的指导思想、路径与抓手，即做好战略研究与顶层设计

---

[1] 习近平：《加快推动媒体融合发展 构建全媒体传播格局——在十九届中央政治局第十二次集体学习时的讲话》，《求是》2019 年第 6 期。

粤港澳大湾区建设进程中的文化内涵、文化目标定位、湾区精神与形象、文化成长、文化战略布局与文化领导权等问题研究，面临日趋复杂的环境、多元化的审美文化，以及越发扁平化的组织体制及快捷的传播途径，我们要基于文化精神这一核心，发展大湾区审美文化的生命力与创造力。

今天，世俗化与都市化已成为一种难以阻挡的潮流。但有一点可以肯定，世俗化并不是庸俗化，都市化也不能等同于时尚化，更不是那些几乎是陷入玩闹泥潭的"出新"。当然，审美文化所传承的文化精神不是一成不变的说教，在不同的时代大背景中，文化精神闪烁着不同的时代光彩。

（二）建构大湾区的审美文化生态，并不是说审美文化的发展是自发的，可以野蛮生长，要正确理解生态的内涵意义

生态包含两个基本特征：一是系统性，也就是完整性；二是生态需要多样性来支撑其生命力和发展。系统性与多样性是生态发展的根基。但生态一旦建构完成，就有其自身的层次性与主导性，主要体现在生态化发展的机制和生态链的不同层次。因此，我们要积极地通过生态化机制培育主导性生态链的方式来引导与建构大湾区审美文化生态，而不是用行政手段，或者是粗暴强制性的学习教育等灌输性手段来实施。

（三）围绕文化资源创造、活化、融合与转化，探寻大湾区审美文化建设的方案，在文化与经济发展间探寻如何"融合""转化""并进"，以文化之根植入城市更新

大湾区已逐渐成为全球最具经济活力和文化创造力的中心聚集地，历史文化资源丰厚，文化创新环境优越。要把握住这一优势，充分建构起大湾区先进独特的文化生态体系，关键就在于做好围绕文化资源的创造、活

化、融合与转化。文化资源的融合发展，一般包括三个方面：一是文化资源的创造与创造性发展；二是资源挖掘推动资源系统化；三是资源活化推进资源融合。

（四）围绕建立敢为人先的区域文化精神与城市精神进一步提升与完善大湾区审美文化生态与体系建设吸引力和感召力

粤港澳区域内文化价值观念多元、文化形态多样、社会结构复杂。也正是这一独特的文化属性，成为大湾区践行开拓进取、敢为人先的区域文化精神与城市精神的基础性优势。打造人文湾区离不开独具魅力的城市文化精神和人文生态环境，重视发掘城市文化资源，形成连续性、系统性的文化脉络，提炼出真正的文化精神内涵。以城市空间为突破口，激活文化魅力，提升先进文化的辐射效应，塑造独特的湾区审美文化吸引力和感召力。

（五）围绕提升文化软实力需要强化全球资源配置能力，承载新时代赋予大湾区的新使命这个中心，进一步做大做强大湾区审美文化生态及其体系建设的"平台"效应

重视拓展全球化视野和竞争意识，强化全球资源配置能力是提升文化软实力的重要条件。同时，以大湾区区域文化的特点和资源优势为基础，推动中华文明与世界范围内的先进文化在湾区内的传承创新、交流碰撞、融合互鉴，搭建起一个充分承担吸引人类多元文化、先进文化交融汇聚、共享繁荣的新平台。

要进一步地培育并建构基于先进文化、新科技融合发展与高素质人才聚集等形成的先进生产力状态相适配的新时代审美文化生态与体系。

把大湾区建设成为经济发展、科技创新、文化引领的示范性区域，需

要把握住湾区的特色优势，培育适应新时期发展的文化生态与体系建设，立足于文化产业的创新升级，为区域内的融合发展提供良好的文化动力和人文环境。人文湾区的建设有赖于高质量人才的会聚，在湾区优势资源的基础上创新治理体制和发展理念，推动粤港澳大湾区的人才高地建设。使粤港澳大湾区在创新包容的生态环境和人文环境中真正实现全面协调高效的发展。

大湾区文学的历史必然性

朱寿桐

澳门大学中国历史文化中心主任
澳门文艺评论家协会主席

从历史的维度看,近现代大湾区已形成了中国文学中非常富有特色与优势的涉外题材写作与相应的流浪文学,并且贡献出了时代性的杰作。虽然这样的文学不一定成为大湾区文学的传统,但毫无疑问构成了大湾区文学的可靠资源。

大湾区文化凸显出向海洋开放的重要特性,这样的文化孕育了中国最早的涉外文学以及类似于中国南部流浪族群的文学文化。当然不便将近现代以来南粤文化也就是大湾区历史文化所培育的粤地文学与西方世界的波希米亚文学直接联系起来,但近代以来,粤地文学的主要特性确乎就是通向远方的涉外文学以及醒目的流浪文学。近代文学巨子苏曼殊带着他的《断鸿零雁记》走进了中国文学史,也将南粤地方面向海外(东洋)世界直接开放的信息,通过一个流浪、漂泊的知识分子哀伤的人生经历和情感经历的披露,将东洋生活与中国的南粤生活直接联系起来,构成了一个开放而自由、豪华而感伤的人生行旅图景。与《留东外史》等早期留学生文学有本质的不同，《断鸿零雁记》展示的生活空间是多少带有想象性的无国界开放区域，在这个特定空间活动或生活着的所有人都不必受国境的束缚甚至语言的缧绁，除了情感的投放之外，一切都是自由的，所有的空间都被赋予了自由的意义，只有为情感所累的灵魂是那样的沉重而忧郁，无法展开奋飞的翅膀。小说中的主人公三郎是一个衣着豪华、精神豪华但情感上千疮百孔的特殊的流浪者，是一个典型的感伤文学浪漫故事的主人公，他的奇特的流浪生活彰显了南粤地区富足而开放的人生场景，彰显了南粤文化空域上、生活上和情感上与海外世界直接通联的近代文化特性。这样的特性必然成为大湾区文学的重要生活资源和文化资源。

以南粤文学特有的跨境生活和流浪题材见长的现代文学作品，同样在文学史上留有深刻笔法的还有黄谷柳的《虾球传》，这部长篇小说通过《春风秋雨》《白云珠海》《山长水远》三部曲，展现了虾球及其周围的底层人物为生活所迫辗转于港珠澳之间，为各种机缘周旋于黑白道之间的悲苦而奇特的人生，为色彩斑斓的中国现代文学贡献了特别鲜丽的南国色调，其笔锋所及正覆盖了粤港澳大湾区文学版图的所有重要节点。

在传统粤地流行的民间文学如黄飞鸿的故事、叶问的故事以及后来的李小龙的故事等，大多以粤语承载，并且在不同的历史时期都被改编成戏剧、电影，也都以跨境生活和流浪生涯为空间线索进行艺术展述，同样典型地体现了大湾区文化的开放特性以及一定程度上的流浪特性。主人公活动空间的自由打开，在突破各种禁锢与束缚的意义上取得无限伸展的可能性，同时，为了覆盖这样自由的空间，主人公总是处在游走、流浪、迁徙乃至寻觅的人生状态，这似乎也是金庸、梁羽生、古龙等武侠小说家最感兴趣也最擅长的写作套路。非常有意思的是，以刘以鬯的名作《酒徒》为代表的香港现代主义文学创作，表现的同样是无国界无制约的空间感以及人物灵魂的流浪飘忽感。这种巨大的空间感与人物无定流浪的人生结构关系正是大湾区文化历史特性和传统风貌的典型体现。

体现大湾区文化历史特性与传统风貌的文学创作从来就没有局限于大湾区文化消费和艺术欣赏的场域，每一个时代的历史湾区都向广袤的汉语文化和文学世界推出了影响一时的杰出作品，由此体现出大湾区文学文化历史性的艺术厚度和发展可能性。这样的艺术厚度和发展可能性还体现在粤语文化的巨大生命力和深远影响力。粤语是大湾区文化历史形成的主流方言，历史湾区的文化人为了保留这一特别有魅力也特别有文化内涵的方言，通过生造或启用古体等方式，精心打造了一千多个专用粤语文字，宛如一堵坚实的挡土墙，挡住了粤语关键用语被流行语"普通化"的可能，有效地保存了粤语的语言特性与传统，其实也保存了粤语文化的特性与传统。粤语歌曲、粤语电影数十年来都像一股清风影响着世界各地的华人文化圈，包括中国内地，有的时候甚至酿成一种流行与时尚。这是大湾区文学和艺术以其历史形态向全世界汉语文化和汉语文学显示其实力、魅力和发展潜力的主要途径。粤语文字的文学写作一直是大湾区文学文化的一个重要特点和亮点。除了粤语歌曲、粤语电影而外，粤语话剧的写作与演出也一直是粤港澳大湾区文学艺术的重要的传统形态，其他如香港、澳门的报章体文章，其中包括粤语散文、粤语小说，也是重要的粤语文学收获，至今显示着传统的力量。这种以显示本地人生风采和语言魅力为主的粤语文化，在中华全国乃至汉语文化世界都可以说树立了一种卓然独立的文化形象。同样属于曼妙的"南音"，曾几何时，闽语歌曲与粤语歌曲都对中原和世界各地的华人世界产生了巨大的震撼力和影响力，但由于相应文字的缺场，闽语除了在台湾地区存有相应的方言文字和文学，在内地，闽语文学已经淡出了人们的视线,当然也退出了人们的记忆,在汉字文化和汉语文学世界,唯独以方言和方言文字显现与承载的粤语文学成了一枝独秀的文化异株。这样的文化遗存使得大湾区文学具有相当厚实的历史必然性,同时也为大湾区文学的未来发展提供了另一种可能性。

打破要素流动瓶颈，打造大湾区文艺创作"共同体"

范 周

中国文化产业协会副会长
文化和旅游部"十四五"规划专家委员会委员
教育部高等学校艺术学理论类专业教指委副主任
中国传媒大学教授

粤港澳大湾区文化是岭南文化、广府文化的现代延续和发展。尽管有共同的文化传统，但由于特定的历史际遇，三地形成了各具特色、形态各异的区域文化。多元的文化背景既是实现融汇碰撞、创新发展的机遇，也带来了一定资源要素流动上的挑战。需要以文化根脉为基础、以法定性联盟机制为平台、以创新为原则、以特色发展为导向探索建立大湾区文艺创作"共同体"，探索适合大湾区文化交流的发展路径，共塑湾区人文精神。

本文将梳理大湾区文艺创作发展的时代机遇与资源禀赋，在合理分析创新瓶颈的基础上，提出打造大湾区文艺创作"共同体"的具体路径，以期为促进三地文化融合，促成文艺创作和谐、繁荣发展局面，助力湾区文化、经济建设发挥作用。

时代机遇：粤港澳大湾区建设重大机遇。2017年7月，广东省人民政府和中国香港、澳门特别行政区政府签订《深化粤港澳合作推进大湾区建设框架协议》，标志着历史地理与文化亲缘都一脉相承的粤港澳在"合、离"之后，又一次紧密融合。作为重大国家战略，粤港澳大湾区建设既是中国经济的发动机，又将成为影响中国当代文化未来风向的一次深度探索。2019年2月印发的《粤港澳大湾区发展规划纲要》（以下简称《规划纲要》）提出，要共建人文湾区，塑造湾区人文精神，共同推进中华优秀传统文化传承发展。《规划纲要》实施后，粤港澳大湾区电影产业论坛、大湾区中秋电影音乐晚会等大型文艺项目踏实落地，一批文艺精品如粤港共同合作打造的网络剧《使徒行者3》《战毒》都取得良好反响。粤港澳三地文艺交流合作日渐密集说明，从文化的角度呼应国家战略设计，既是大湾区建设的时代机遇，也是不可回避的文化使命。

资源禀赋：多元文化构筑丰富文艺表征。共饮珠江水，是粤港澳三地居民共同的血脉根源。岭南文化在过去2000多年来塑造了湾区人民的精神家园，但受殖民历史等影响，粤港澳大湾区形成了"一国两制三区"的特殊格局，使粤港澳三地在政治制度、经济发展、价值理念乃至主流文化方面存在明显差异。发展至今，粤港澳地区同时具备三类各具特色的文艺表征：以粤剧、龙舟、武术、醒狮等为代表的岭南传统文化；以香港电影为代表的、西方文化与本地传统文化混合融合发展而成的混合型新文化；以及大湾区作为国家高水平参与国际经济合作的新平台、对外开放的"桥头堡"所汇聚的全球化的多元文化。多样的文化来源为大湾区带来了文艺创作上的无限可能，以利好政策为导向，以文化产业为驱动，充分发挥科技、经济优势，"湾内文化流动"将创造更璀璨的成果。

创新瓶颈：资源要素分散导致创作受阻。多元文化是大湾区等待转化的巨大潜力，但三地文化共识不强的现状也是当前亟待解决的难题。文化发展方面，粤港澳三地文化协同性仍有待加强，文化交流的层次有待深入，各地特色文化资源要素尚未实现多方流动、良性循环，阻碍创新驱动发展道路的实施。所谓人才是第一资源，创新是第一动力，人才作为各地发展的核心要素应率先实现交流合作。以粤港澳影视合作为例，电影合拍、专业教育、投资合作均以人才为中心展开，"以才兴产""才产融合"，将会极大赋能大湾区影视产业的创新发展。在促进文化融合的总体战略下，文艺资源要素流动将服务于促进湾区一体化进程，增强湾区一体感，在粤港澳大湾区深入建设的今日具有重要意义。

人文湾区：打造大湾区文艺创作"共同体"。凝聚粤港澳大湾区文化共识，建立湾区文艺创作沟通机制，以人才、文化、科技、经济等方面的丰富资源为凭借打造大湾区文艺品牌，孵化一批创作平台，吸纳一批创新创意人才，打造一批高质量文艺作品，推动三地以文艺交流促深度融合。

具体而言，打造大湾区文艺创作"共同体"，推动三地文化融合发展，可从三个方面考量。

首先，厘清文化根脉，凝聚家国意识。粤港澳大湾区文艺创作应该致力于弘扬中华民族共同体意识，以中华优秀传统文化作为粤港澳大湾区建设的精神纽带，从民族文化共同性和共同价值的角度去着眼梳理粤港澳三地岭南文化印记，在多元中提取共性。三地文化本无优劣之分，应加深了解、加强交流、求同存异（李凤亮：《人文岭南》）。应着重发挥香港、澳门在长期发展中积累的对外开放交流的经验，有效运用在弥合粤港澳大湾区之间生活方式、思维方式和价值观念方面的差异上，使之成为三地文化交流互鉴的重要驱动力。

其次，建立协同创作机制，汇聚资源优势。数据显示，2016年到

2018 年，粤港双向文化交流 812 批 14163 人次，粤澳双向文化交流 229 批 5117 人次。自 2017 年起，"粤港澳大湾区音乐艺术联盟""粤港澳大湾区文学工作坊""粤港澳大湾区美术家联盟""粤港澳大湾区动漫联委会"等一批文艺创作合作平台相继成立。当前，粤港澳大湾区内文学、音乐、动漫、影视等各行业、各艺术门类内的互动交流愈加频繁，应在此基础上扩大各行业间、民间乃至跨区域间的相互融合，持续完善文艺创作合作沟通机制，强化品牌化、精品化建设。

最后，以特色发展为导向，以创新创意为原则。《关于加快珠江三角洲地区文化创意产业发展的指导意见》指出，珠江三角洲地区产业发展的重点领域有出版发行业、动漫业及游戏娱乐业；《粤港澳大湾区发展规划纲要》指出要充分发挥香港影视人才优势，推动粤港澳影视合作，加强电影投资合作和人才交流，支持香港成为电影电视博览枢纽。在政策指导下，出版业、动漫业、游戏娱乐业及影视产业可作为湾区文化产业发展的重点领域，作为湾区文艺创作品牌的特色重点打造，成为湾区文化融合的助推器。

粤港澳大湾区电影创新的机遇与挑战

赵卫防
中国艺术研究院影视所所长、研究员
中国电影评论学会副会长

　　自 2019 年中共中央、国务院印发《粤港澳大湾区发展规划纲要》，2020 年全国人大常委会通过《中华人民共和国特别行政区维护国家安全法》，2021 年广东省人民政府印发《广东省国民经济和社会发展第十四个五年规划和 2035 年远景目标纲要》等重要政策文件以来，香港、澳门、广州、深圳、珠海、佛山、惠州、东莞、中山、江门、肇庆 11 个具有各自区位优势的城市，被整合成为粤港澳大湾区，形成了"最大的梦工厂和黄金地"，大湾区战略从此成为国家战略。具体到文化产业，《粤港澳大湾区发展规划纲要》中明确提出要"共建人文湾区"，推进新闻出版、广播影视、音乐、文博、时尚、饮食、体育等多方面齐头并进。其中电影产业的发展与创新是大湾区文化战略的重要方面，大湾区电影战略既面临机遇,又有艰巨的挑战。

一、大湾区电影的优势

粤港澳大湾区既包括香港和澳门特区,也涵盖广州、深圳等内地一线城市。这一地区的电影中,既具传统优势的香港电影,又有曾经的内地国营电影制片厂的重镇,其从美学到产业层面具有诸多优势。

其中首推香港电影的传统优势。香港电影中的类型美学是其最重要的美学资源,在世界电影中都占有一席之地。香港电影中既有动作、喜剧、悬疑、战争、情色等商业类型片,又有情感、青春、伦理、戏曲等文艺类型片。在产业层面,香港的独立制片体制、大厂体制、卫星制及院线制营销模式等产业模式,为华语电影的产业发展提供了重要的资源。

以珠江电影集团为代表的广东电影美学资源,则是大湾区电影的另一重大美学优势,其包括内地的国有电影企业和私营电影出品公司。其中的珠影和原深圳电影制片厂等出品了《南海潮》《七十二家房客》《跟踪追击》《乡情》《雅马哈鱼档》《孙中山》《廖仲恺》《情满珠江》《打工妹》等诸多经典影片和优秀电视剧,这些影片中的广东美学特色对大湾区电影的美学发展具有重要意义。当下,广东地区的国营影视机构和民营影视企业也推出了许多优秀的粤剧电影如《白蛇传·情》《刑场上的婚礼》《南越宫词》等,这些粤剧电影都取得了较好的票房和口碑,在各类电影节或电影展上获得大奖,也是粤港澳电影的重要美学呈现。

当下众多的华南地区的影视基地,则是大湾区电影的另一重要产业优势。目前,佛山、深圳、珠海、广州等地具有大量的影视制作基地,如佛山西樵山国艺影视城、南海影视城、广东影视城,等等。除了这些具有产业规模的影视基地外，大湾区还有诸多南方特色的影视外景取景地，如香港的湾仔、九龙湾等，澳门的大三巴、葡国风情等，以及内地的广府、潮汕、客家等多处有着鲜明文化特色和地域特色的取景处，所能提供的取景搭配也十分多样。这些影视基地和取景地已经形成集团产业优势，其华南特色也是国内其他影视基地所不具备的，是大湾区电影未来发展的重要产业资源。

动漫产业亦是大湾区电影的另一特色优势。目前影响较大的国产动画影视剧及动漫形象有许多出自广东，如生产"喜羊羊与灰太狼"系列的奥飞公司，出品"猪猪侠"系列的咏声公司以及出品"熊出没"系列的华强方特公司无一不是广东企业，而《漫友》杂志、中国动漫金龙奖、中国国际漫画节动漫游戏展等，也都根植广州。

此外，香港、澳门、广州这三座湾区中心城市基本都有着自己的电影节。其中，香港国际电影节、香港电影金像奖以及广州国际纪录片节更是享誉全球。这些电影节展既是大湾区电影的重要资源，更是其与国际电影交流的重要窗口。

除以上的美学和产业资源外，广东地区历来是中国电影的第一大票仓，而大湾区的内地城市是主要的贡献者。这也是大湾区电影的另一重要产业优势。

二、大湾区电影面临的挑战

尽管大湾区电影有上述的诸多产业和美学优势，但更面临着严峻的挑战。一方面，香港电影虽然有着曾经的辉煌，但自 20 世纪 90 年代中期之后开始下滑，自 21 世纪初滑至谷底，当下一直处于式微的状态。大批具有实力的香港影人从 21 世纪初也开始大规模北上内地，他们主要赴北京、上海和江浙地区发展，较少涉及大湾区地区，也就是说，香港电影的资源光辉基本上没有照耀到大湾区。其次，尽管民营影视企业在崛起，但大湾区的内地电影企业特别是国营影视企业如珠江电影集团也处于式微的态势，领头羊的地位处于缺失的状态。这也使得大湾区电影的发展面临着新的挑战。

另一方面，大湾区部分城市的发展规划与影视行业之间缺乏对接。比如惠州，国家为其设置的规划定位是"绿色化现代生态城市"，主打度假和休闲旅游业而非影视产业；再比如肇庆，国家为其设置的规划定位是"大湾区绿色农副产品集散基地"，主打农业，与影视行业则更是关系不大。

此外，从产业规模来看，粤港澳大湾区虽然有众多的民营影视企业，但这些企业的规模太小，以中小微企业为主，缺乏像中影基地、博纳、万达、横店等之类的旗舰型影视企业。因此，大湾区所能提供的影视拍摄条件在规模和知名度上都比不上上述企业，只能靠粤港澳"三地抱团儿"的地缘条件作内部消化。此外，其产业链不完备，数字化程度不健全，影视制作在其内不能全部完成，必须转场到其他基地才能完成。在这一点上，大湾区电影和北京、上海和江浙地区的电影企业相比具有较大的劣势。

在动漫产业方面，大湾区动漫生产近年来虽然有了较明显的提升，但其更多是低幼动画。而当下国内的成人动画则迅速崛起，尤其是追光动画、玄机科技等本土以成人动画为主的动画企业产能迅速提升，光线影业、融创文化等综合性影视企业有序入局、布局动画领域之后，国产成人动画影视剧的艺术提升更是有着非常的飞跃。这种情况下，大湾区的"喜羊羊"等低幼化动画的优势已不存在。

三、粤港澳大湾区电影在新语境下的创新

大湾区电影既有诸多优势,未来发展也面临着诸多挑战。作为新时代的重大文化战略,大湾区电影在机遇与挑战并存的情况下,需要进行创新发展。

政策层面的有力支持,是促使大湾区电影创新的首要方面。大湾区对影视发展的政策应有着明确的指引,在扶持性方面应保持长期的持续性。至今,除佛山外,大湾区其他地区尚无明显的、密集型的影视产业配套政策。佛山方面的政策也存在某种不连续性,如在2017年4月,佛山制订了"广莱坞"的发展目标,佛山市人民政府、珠江电影集团有限公司签订了共建"广莱坞"的战略合作框架协议,亦即建立一个"南方影视中心";到了2021年4月,佛山的影视政策是要拟建"粤港澳大湾区影视产业合作试验区"。"广莱坞"和"试验区"这两类发展规划有些断裂感,应当保持一定的政策持续性。

大湾区电影产业的创新,还要找准自身的准确定位。香港电影的商业类型优势在当下已经不存在了,香港北上影人对大湾区电影的影响在短期内也未能确定。因此,大湾区电影创新,应利用现在湾区各地的电影优势,以打造文艺片基地为主。现在香港地区的文艺片成为本土电影中的主体,且不断获得艺术创新,涌现诸多具有人文情怀的佳作,如《五个小孩的校长》《一念无明》《黄金花》《沦落人》《家和万事惊》《花椒之味》《金都》《浊水漂流》《智齿》等;澳门电影也呈现出了一定的勃兴态势,艺术电影的方阵不断扩大;以珠影集团为代表的大湾区内地区域的电影企业,

推出了《白蛇传·情》《刑场上的婚礼》《南越宫词》等优秀的粤剧片，参与创作了《雄狮少年》等动画电影，这些都为大湾区打造文艺片基地提供了坚实的基础。当下，大湾区电影应当广泛融合，打造出更多的具有大湾区文化和地域特性的文艺片，以在中国电影版图上找到自身的准确定位。

打造文艺片基地的同时拓展"新主流大片"的创作，亦是大湾区电影力求创新的另一有效路径。"新主流大片"成为当下国产电影转变发展方式、获取美学和产业增长点、实现电影强国目标的主要抓手。大湾区电影在以文艺路线为主的情况下，也和"新主流大片"结缘，如大湾区参与投拍了《中国医生》《流浪地球》《攀登者》《我和我的祖国》《八佰》《我和我的家乡》等"新主流大片"，但更多是参与，还没有形成自己的主导，更缺乏像《十月围城》这样的具有大湾区特色的"新主流大片"。如今较多的"新主流大片"，借壳大湾区背景或元素，但能真正展示大湾区人文精神风貌和历史的电影佳作却不多。主导并推出具有大湾区文化和地域特色的"新主流大片"，是大湾区电影创新的一条重要路径。

此外，打造旗舰型电影企业，也是大湾区电影实现创新的重要渠道。大湾区虽电影企业云集，但其中的邵氏、嘉禾、银河影像等香港电影公司已风光不再，澳门电影尚没有大型的旗舰型公司，中影、博纳、华策、横店、唐德、淘票票、正午阳光等头部企业在大湾区也一直处于缺失状态。因此，打造旗舰型电影企业，成为大湾区电影取得创新发展的关键。2021年5月27日，广东博纳影业正式揭牌，标志着国内头部影企开始进驻大湾区，这为其影业发展注入了强心针。今后，大湾区应吸引更多的旗舰型电影企业落户，并不断打造全产业链，这是大湾区影业腾飞的基础，也将助推整体华语电影的创新。

大湾区语境下文化艺术的机遇和使命

梁 江

中国美术馆研究员
中国国家画院研究员
广州美院中国近现代美术研究所所长

一

2021年是广东美术发展的又一个里程碑。回望百年前的广东美术，能深切感受到其时广东文化生机勃勃的特质。1921年由胡根天、冯钢百、徐守义等人组织成立了"赤社美术会"，这是广州第一个西洋画研究、创作及传授的美术团体。当年10月1日，赤社举办第一次西洋画展览。12月，在广东省图书馆举办了"广东全省第一次美展"。全国最早之一的公立美术学校——"广州市立美术学校"也在1922年成立了。赤社及全省第一次美展展出和市美的成立，是广东早期西洋画活动的一个高潮。这一时期，岭南画派的高剑父创办"画学研究会"，倡导新国画，发表《我的现代国画观》，成为他提倡新国画观念与思想最为集中的反映。1923年，潘至中、黄般若等 8 人发起成立"癸亥合作社",两年后扩为国画研究会。这一时期也是广东美术的一个活跃期,如私人开设画社、民间画会和小规模学校众多,粗略统计有撷芳美术馆、博文美术学校、主潮美术学校等 20 多家。其后,广东美术发展在思想性和艺术性的双重变奏中不断飞跃。广东美术走过了百年沧桑,更创造了百年辉煌。

二

广东是中国的南大门,从秦汉开始就通过海洋与世界交往。从西晋时期开始,广州成为海上丝绸之路的主港,唐宋时成为中国第一大港,明清时则是唯一的对外贸易港口。

广东,从纵向历史轴看,有农耕文化、海洋文化和侨乡文化。从横向地缘看,有广府文化、潮汕文化和客家文化。"同饮一江珠水",粤港澳大湾区三地紧密相连,构成了南中国一个完整的地理单元,在整体性地理环境下形成了相近的社会生活方式,创造出独具特色的地域文化。

粤港澳大湾区地处岭南。岭南文化由本土文化、中原文化和海外文化所构成,三种文化在岭南激荡融合,形成了极具包容性和创造力的新文化类型。这种文化与更宽泛的南方文化有所不同。岭南文化最为突出的莫过于海洋文化和其孕育的开放、包容和"敢为天下先"。发轫于岭南一百多年来的现代革命思潮,对于中国历经几千年的文明而言,是真正的"现代",其最大的价值在于现代性。

百年来广东的美术变革与中国现代社会大转型紧密连在一起。开放、兼容、务实、创新,广东美术的行进趋向也与当今改革开放的精神十分吻合。作为时代大变革的前沿和中心，开放和变革既是广东的最强特征，也是广东的最大贡献。

广东"得风气之先、领时代之新、走变革之路"，既是近现代历史变革的先行者，又在中国文化与艺术的现代转型方面，起了"推进器"的作用。广东近现代美术的变革实践，是新文化、新思想在美术界的直接呈现，具有明显的前沿性和前瞻性，为中国社会、文化和美术的现代转型提供了非常有价值的经验。粤港澳大湾区文化的新形态新气象，应从岭南的现代性中找寻资源。

三

四十多年来，广东成为改革开放前沿和引进西方经济、文化、科技的窗口，取得骄人的成绩。1989年起，广东国内生产总值连续居全国第一。广州被全球权威的研究机构GaWC评为世界一线城市。联合国报告指出广州人类发展指数居中国第一。广州经济发展能力居全国前三，人均消费额居全国第一。

广州拥有82所高校，在校大学生总数达114万人，居全国第一位。广州互联网企业超过3000家，推出了微信、唯品会、YY语音、酷狗音乐、网易、UC浏览器等。2016年高新技术企业增量仅次于北京。广东珠三角9市打造粤港澳大湾区，将成为与纽约湾区、旧金山湾区、东京湾区并肩的世界四大湾区之一。2017年广州《财富》全球论坛期间，苹果CEO蒂姆·库克称"这里是全球最现代的地方之一"。

"人文湾区"建设将为众多港澳台、海外华人艺术家的交流合作提供更广阔的空间，这还不仅是艺术理念、创作手法、艺术语言上的成果，不在于近期产生了多少数量的新作，更根本的是促成了与时代变革相适应的新的艺术生态，让更大的繁荣发展成为可能。

从文化地理的角度来看，港澳台与海外华人美术处于中国与世界的交汇地带，开放、融汇、互动、变化的前沿性特征更突出。这样的创作为"中西融合"提供不少有用案例：香港美术依托中华传统文化，不断吸纳西方现代艺术元素，继承了岭南文化经世致用、开放进取的世俗精神，同时融合了西方现代艺术中的创新观念，成为开放的、包容度很高的现代都市艺术。澳门是欧洲艺术最早输入中国的码头，也是中西文明的交汇处，至今尚保存着大量宗教画、地志画、贸易画，等等，传统文化、民间艺术、现代艺术都兴盛繁衍，其建筑与工艺美术更具有区域特色，形成了多元的文化体系。粤港澳大湾区艺术家有更广泛视野研究西方造型观念及语言变化规律，会从文化比较角度体悟西方文化的特征，将不同文化视野、方法观念、艺术技巧融汇在自身创作中，更直接展示出融汇中西及艺术表达的变化趋向。广阔的视野，必将为艺术带来融汇、交叉、拼接、重组和激励的新契机，进一步推进艺术版图的多样化生态。

四

1953年，中南美术专科学校创建，南迁改为广州美术学院。胡一川、黄新波、关山月、黎雄才、阳太阳、杨秋人、王肇民、杨之光、潘鹤、徐坚白等一批当代艺术史上的大家为中国美术事业发展做出巨大贡献。

至2021年，广州美术学院有在校生约10000人，其中全日制本科生约 6000 人，研究生约 900 人，在职和成人高等教育约 3000 人。已与近 30 个国家和地区的 60 多所艺术院校建立了交流与合作关系。崇尚学术，重视创新，坚持主流，开放包容。历经 60 多年的发展，成为文脉深厚、人才众多、水准突出、特色鲜明的艺术类大学，对当代中国美术，尤其粤港澳大湾区艺术发展有至关重要的影响力。

重点不是回望，而是面对当下和未来。

粤港澳大湾区视野之下的广州美术学院处于文化核心区，处在视觉文化艺术领军的前沿，要在新时代中体现担当精神。这就需要我们具备开放思维、创新思维和前瞻思维。

粤港澳大湾区是一个地理概念，我们要把它变成艺术概念。在地域空间和社会空间之中，按我们的职业思维，设想这是一个创新空间、审美空间和艺术空间，当好新时代文化发展的探索者和引领者，成为文化粤军"航母舰队"的主力舰，文化艺术和艺术教育新业态的引领者。

五

在以往的历史或文化研究领域中，有一个常见误区——只把广东作为一个地域或区域案例看待。其实，在近现代中国一百多年来的历史行程中，广东多次都是历史大变革的主场，是先行者和引领者。如孙中山先生领导的民主革命、1923 年中共"三大"在广州召开、新中国 40 多年的改革开放，等等。进入改革开放新阶段，广东蓬勃的民营经济和产业转型再次成为新一轮大变革的样板。广东经济已多年引领全国，历史新篇章正在书写。

从党史的角度看，中共三大会议的中心议题是讨论与国民党合作、建立革命统一战线，这次会议确定的路线为中国共产党奠定最广泛的社会基础，意义非同一般。

一百多年来的中国近现代史，广东这个平台多次是历史大变革主场而非分场。广东人（在广东的人）在舞台中心，是主角而非配角。由此对应的，涉及对许多广东重大事件和关键人物的重新审视和评价。

广东人做了主角而不自知，"岭南派"能争到鼎足而三就很知足了。以往不自觉的配角意识，区域或地域文化的惯性思维，导致学术研究鲜有突破。

前几年的"其命惟新——广东美术百年大展"，关键词是"得风气之先，领时代之新，走变革之路"，这有三个层面含义，建议广东以此作舆论阐释。这次大展没有一件新的作品，但思想上的新突破、新的诠释却让它们获得了新的意义。

机遇和挑战同在，大湾区要有一流文化，需要我们担当起新的使命。

本土文化的兴起与转变
——20世纪90年代以来香港的传媒与文化研究

曾一果
中国文艺评论家协会会员
暨南大学新闻与传播学院副院长、教授
暨南大学新媒体文化研究中心主任

一

从20世纪90年代开始,"香港文化研究"逐渐受到重视,涌现了王宏志、陈清侨、马杰伟、史文鸿、冯应谦、陈韬文、朱耀伟、吴昊、陈冠中等香港文化的研究名家。据朱耀伟的《90年代香港文化研究:体制化及其不满》和王宏志的《90年代香港中文大学的香港文化研究项目》等文可知,从20世纪90年代开始,"香港文化研究"进入了香港各所大学:

> 几乎所有香港大专院校都曾举办或大或小的香港文化学术研讨会,一系列大型研究计划和研究中心亦先后启动,其中香港中文大学开展了"香港文化研究计划",香港大学先后成立了"香港文化与社会研究计划"和

"全球化与文化研究中心",香港科技大学设有"文化研究中心",香港城市大学有"跨文化研究中心"等等,一时间可说众声喧哗。从系科的角度来说,香港浸会大学早于1989年开设与文化研究性质相近的人文学课程,而正式以文化研究为名的系科则要数香港岭南大学于2000年成立的文化研究系和香港中文大学于1998年成立的现代语言文化系。除了系科化外,一门学科也须以出版来进一步典范化。香港中文大学的"香港文化研究计划"于1994年出版了期刊《香港文化研究》,同期香港大学比较文学系的同类期刊《文化评论》也创刊。"香港文化研究计划"举办的一系列研讨会和《香港文化研究》的精选论文后来编成《香港文化丛书》。2001年香港大学"香港文化与社会研究计划"亦策划了《香港读本系列》,香港大学出版社已开始出版一系列英文的香港文化研究专书……[1]

大学里开设香港文化研究课程,出版社出版香港文化的丛书和媒体讨论香港文化,这使得香港文化研究蓬勃发展起来,具体而言,这些研究主要包含三个方面的思考:一、挖掘香港本土文化,确立香港文化的价值;二、探究全球化与本土化的关系;三、思考中国香港和内地之间的关系。在香港发展的历史上,文化向来不被重视,香港也一直被认为是"文化沙漠",但是香港学者希望通过挖掘香港本土文化,确立香港文化的价值并打破香港是"文化沙漠"的说法。罗子在《香港文化漫游》一书中就批驳了香港是"文

---

[1] 朱耀伟:《90年代香港文化研究:体制化及其不满》,《香港社会科学学报》第26期(2003年秋/冬季)。

化沙漠"一说，他认为凡是有人类的地方就有文化，香港也有自己的文化，《香港文化漫游》从大众报纸、香港电影、文学和戏剧舞蹈以及形形色色的生活，详细讨论了独特的香港文化。马杰伟曾经留学英国，深受英国文化研究学派鼻祖雷蒙·威廉斯的影响，强调文化是"普普通通的"，是一种"日常的生活方式"，他倾心于考察香港的茶餐厅、流行音乐和影视剧以及普通民众的日常生活文化，并认为这些是香港本土文化最重要的体现："我们所重视的，不是浮面的时尚，而是贴近平民百姓的生活与感情结构。我们关心普及文化，不是偷取明星光环，而是在于分析庶民习性。我们关心的议题，不单是舞台上的星光，也包括被流行市场所忽视的弱势声音。"[1] 在此文化观念下，香港不仅不是"文化沙漠"，而且从街头的茶餐厅、化妆品店到电视报纸的娱乐新闻，都体现了香港有丰富多彩的本土文化。

二

香港是一个全球都市，全球与本土关系自然是香港文化和传媒学者关注的最重要议题之一。虽然德里克视香港为超越全球化与本土化对立的"全球地方文化"，香港文化研究的主要目的是在全球多元文化的语境中建构香港自己的独特文化身份。不过，要建构香港的文化身份，香港便不得不正视历史。陈清侨等人在从事"香港文化研究计划"时就已经意识到，"香港文化研究"本身便隐含着对英国殖民主义的批判。《霍元甲》《黄飞鸿》这些流行的香港功夫电影都包含着对抗西方殖民霸权的民族主义诉

---

[1] 吴俊雄、马杰伟、吕大乐：《香港·文化·研究》，香港大学出版社，2006，第3页。

求。但悖论的是，香港又是一个全球化都市，香港各所大学的教育和文化体制却都沿袭英美教育制度，遵循"国际化"教学体制，在"国际化"的要求下，许多香港学者不得不用英语上课，发表英文论文，有时还要"找人润色语言才出版"，虽然这样的做法引起了一些非议，但在香港既存体制下却是"人人信奉的行规"。马杰伟、吴俊雄、吕大乐在一本书的前言中谈"港式文化"时直言不讳道："香港学者一方面要'读洋书'，跟'英语世界'打交道，另一方面'写英文'也为作者勾起种种不愉快的成长记忆，更重要的是，它表示了今时今日'英语'在学术世界的霸权地位。"[1]不仅如此，像马杰伟等人所说，无论是"九七"之前，还是"九七"之后，"香港"都必须正确处理与内地的关系。在马杰伟等人看来，"回归"祖国之后，香港的许多文化和社会问题必须从区域的角度才能够得到更好的理解："香港是中国的一个独特城市，与全球大城市串联、竞争。九七之后，香港是以一个城市为单位，去面对中国国内与国际社会。"[2]在讨论香港文化的时候，大众传媒的角色自然也相当重要，电影、电视剧和音乐唱片等香港流行文化本身就是文化工业和媒体文化的重要组成部分。

三

在思考香港传媒文化方面，马杰伟、史文鸿是站在批判立场审视香港传媒的代表人物。在《解读普及文化》《香港·文化·研究》《后九七香

---

[1] 吴俊雄、马杰伟、吕大乐：《香港·文化·研究》，香港大学出版社，2006，第15页。

[2] 马杰伟：《后九七香港认同》，Voice Publishing Corp，2007，第15页。

港认同》《香港文化政治》等著述中，马杰伟综合了文化研究学派和传播政治经济学派，以香港的电视、电影等大众媒介为研究对象，批判性地思考了香港媒体在全球与本土、香港与内地之间的关系选择。马杰伟不太赞同阿多诺对文化工业的严厉批判，他认为香港大众媒介和消费环境复杂而特殊，必须要结合香港自身的历史和社会语境去考察。此外，不断上升的个人财富和需求，将物质消费推向感性消费，结果整个城市形态是百货公司夹杂蚊型商场，大众消费也逐渐被分众消费取代。不同阶层、年龄和性别的消费者各自群居外探，抓着自己喜爱的消费物品，也找到自己的心情和身份。[1] 马杰伟等人认为正是历史原因造成了香港身份的特殊性，使得香港民众对媒介和消费活动有一种"异常的寄托"，香港民众将自己的喜怒哀乐都表达在媒介和消费品上，香港的日常生活和流行文化"进一步建构了香港人的集体身份"。在《解读普及文化》和《后九七香港认同》中，马杰伟进一步解读了形形色色的香港普及文化（即以媒体和消费为主的流行文化）背后的权力关系。马杰伟深受英国文化研究学派影响，他强调普及文化的重要性，他认为香港是自由开放社会，言论应该开放，"精致文化与通俗（甚至是低俗）文化并存。公众对媒介的判断力提高了，自能各取所需，发挥民主抉择的精神。传媒教育远胜审查管制！"[2] 不过，他也批评香港虽然报纸、电视媒体十分发达，内容却很单一，在他看来，这对香港文化和市民大众造成了一种不好的影响。此外，形形色色的香港媒体不仅建构了香港民众以普及文化为主的集体身份，而且也在不同历史时期建构了不同的集体记忆和身份认同。

---

[1] 吴俊雄、马杰伟、吕大乐：《香港·文化·研究》，香港大学出版社，2006，第10页。

[2] 马杰伟：《解读普及文化》，香港次文化有限公司，1996，第14页。

香港电影、电视和流行歌曲等普及媒介的内容，经常就是表现香港人困惑的身份认同。《后九七香港认同》更是展现了"九七"之后香港的认同问题，马杰伟从全球城市空间的思路入手，探讨"重新建构本土认同的可能性"。在《再造香港：集体记忆、文化身份和普及电视》中，马杰伟更是以一个香港的电视节目《香港传奇》为研究对象，探讨香港的"商业电视如何建构普及记忆，并为香港观众提供身份认同的资源"，通过研究马杰伟发现，《香港传奇》的内容其实受到了国际、国内和本土等各种政经关系的牵制：

> 在这个国际、国内与本地的处境所提供的特定空间之下，《香港传奇》将香港的过去物化为商业电视的文化产品，重构了一套可言说的过去与一系列身份认同的可能性。文本和处境间的相互呼应，是一连串多重强势力量的决定，这包括了商业利益、香港在国际间与中国内部的自我定位、赞助商的取向、市场压力、公司政策及预期的政治界限，这个半自觉过程充满妥协、合作和选择性的记忆与遗忘，是以一个电视媒介特有的模糊过程进行的。媒介本身的特性在某种程度上亦决定了讯息的内容，而这必然包含了生活故事、档案资料、历史"事实"等复合历史。[1]

马杰伟将英国文化研究和传播政治经济学结合起来，以一种批判的姿态解读和分析香港媒体的复杂性，他看到，正是多重势力的介入，使得香

---

[1] 马杰伟：《再造香港：集体记忆、文化身份和普及电视》，《传播文化》第6期（台湾、1998年），辅仁大学大众传播学研究所印行。

港身份认同也呈现出了模糊的特征，当然，马杰伟本人希望能够摆脱固有的分析框架，探讨重建香港本土认同的可能性。

史文鸿是另一位用文化批评的方式解读香港媒介文化的健将，不过，在《媒介与文化》《史文鸿的社会文化批判》等论著中，史文鸿是带着一种精英主义的视角批判性审视香港媒介与文化现象。史文鸿试图学习罗兰·巴特，从媒介符号学的角度批判性地揭露隐藏在流行文化和大众媒介背后的意识形态，例如他分析了大众媒体是怎样通过运作塑造刘德华等流行偶像。在史文鸿看来，刘德华的成功正是巴特所说的"现代神话"，这种现代偶像神话借助于大众媒体得以实现："刘德华的成功说明了一个事实，是香港每个'平庸'的或普通的人，都心中怀着个梦想，眼见在刘德华身上实现了，支持他爱戴他，也正是竭力坚持及支撑自己心中的梦想。不过，他的成就，要感激现今大众平庸的人的新上帝——商业大众传媒，将他塑成金身，更还自谦地赞扬刘德华的努力不懈，才是他成功的秘诀，也只有这样，我们才能个个相信社会有无限机会，只等待我们掌握，好像成功还是掌握在我们手中，不是被既定现实所支配。"[1] 史文鸿认为在香港消费环境中，广告、流行杂志等商业媒介的宣传力量是强大的，高度的"宣传意念及技巧"，结果是"只能有一小撮对宣传媒介有认识、了解批判角度的认识，才能摆脱它的控制"[2]。所以他写书的目的就是借助于罗兰·巴特的神话理论，对香港商业媒体进行批判。他认为站在一个批判立场认识香港媒介和文化是很有必要的，他也希望能够通过批判帮助人们认清香港的媒介和文化，并且寻找和创造一个"新的文化创造的方向"：

---

[1] 史文鸿：《史文鸿的社会文化批判》，香港次文化有限公司，1993，第127页。

[2] 史文鸿：《媒介与文化》，香港次文化有限公司，1993，第49页。

有意识的文化工作者及文化批判者，他们批判现有的文化工作及文化的价值，就意味着他们要寻找一个新的文化创造的方向，要开拓新的生存空间。这种对抗性的活动，要发展起来本来就不容易，而取替主流只是一种乌托邦主义，要结合一个新的社会关系才能出现，文化工作及文化批判也就因此不能不是社会批判和改革的一部分。[1]

"立足本土，望向全球"曾是香港的文化选择，而在今天，香港的文化发展不仅要"立足本土，望向全球"，而且应该在"回归"中重新勾连其文化与中华多元文化以及广东粤语地区文化的关联，在中华多元文化的框架中建构适合自身发展的"新文化身份"。只有这样，香港文化才能够既保持自身的独特风貌，发挥其与全球多元文化交流的文化活力，同时又能够在中华多元文化的框架中，积极发挥自身优势，为向亚洲与世界宣扬优秀中华文化和粤地文化贡献自身的力量。

---

[1] 史文鸿：《史文鸿的社会文化批判·后记》，香港次文化有限公司，1993。

广东摄影：多元身份的当代演进

李　楠
中国文艺评论家协会会员
广东省摄影家协会副主席

对广东摄影之书写，史实浩翰、线索繁多，现象、个案、论述层出不穷、不一而足。本文以"多元身份"这一笔者认为最具"广东基因"者切入，以其发生、演进、变化之过程对广东摄影作一大致观察与分析，以求往者可谏，来者可期——在粤港澳大湾区的新格局下如何发挥应有的作用。

一、"多元"之始

摄影技术自广东进入中国，这一进程与中国近代史基本同步，当然不是巧合；摄影自广东登陆中国，当然也不仅仅是一个地理空间的选择，而是有着深刻原因。基于这样的深刻原因，广东拥有多个中国摄影史上的"第一"乃是顺理成章。

摄影，这一自西东渐之物，正是在广东获得了它的"中国籍"——一个具备中国特色的身份,而这个"身份"从一开始就被打上了"多元"的烙印。这既是广东摄影本身的重要特征,也是广东摄影之于中国摄影的重要意义,主要表现在三个方面:一是身份界别的多元化,二是身份内涵的多元化,三是身份投射的多元化。

综上所述,广东摄影以生猛之姿、屡开风气之先。尤为重要的是:在多元身份的生成、确立与发展过程中,始终与时代同行,先锋性与启蒙性是其两大特质,传承至今。

二、"身份"之辨

广东摄影正是"多元身份"最为贴切而生动的中国样本。而且,这一"多元身份"本身也在经历"多元发展":随着时代发展不断分化、转向、演进、拓展、延伸,纵横交错、峰回路转、别开生面。

广东的多元自有鲜明的特点:一方面,各种摄影形态可以差异化共存,没有明显的主次;另一方面,如前所述,这是自然形成,先天遗传,有其自身的生长规律与逻辑线索;现实的多元格局进而推动主管组织来改变自身固有结构,吸纳不同力量进入,给多元身份以确认。

颇为有趣的是,在广东的摄影身份中,十分显著的另一个特点是:有个体,无群体。一般而言的"广东群体",本身是一种松散的泛指。一方面,这体现了广东文化中极强的包容性、平等意识和个性自由,促成了广东摄影始终异彩纷呈、勇于创新的壮观景象;另一方面,也对其在新时期如何保持整体领先发展提出了更高要求。

三、"当代"之变

广东摄影的"多元身份",在当代演进中不断推陈出新,尤能显明其一以贯之的先锋性与启蒙性,以及与时俱进的创新精神和"以人为本"的平等观念。广东之"变","变"于精神深处与思想高处,并由此带来一系列机制、体系与格局的变化;它不仅仅属于广东,也折射着整个中国的巨变。简述如下:

自20世纪八九十年代始,作为改革开放前沿的广东,物质与精神两个方面同时急剧变化,丰富多彩又耐人寻味的世相百态提供了生猛的题材与深邃的主题。彼时人文关怀与批判现实成为鲜明而高扬的旗帜,一路慷慨壮歌、狂飙突进,对抹杀主体意识的工具论,以及风花雪月的粉饰太平给予了有力的反驳与校正。

与此同时,地方性和都市类大众媒体兴起,对视觉传播先知先觉的重视使其成为摄影最为重要、最为有力的传播介质。随之出现的几个独特而重要的特点,赋予了"广东气象"更为深刻厚重的品格:真相力求多维审视,权威更需批判质疑;创新促进多元并存,融合造就身份跨界;分化彰显多元个性,转变不改身份初心。

四、"现实"之思

全民摄影使得"图像化生存"成为一种人间常态,社交媒体则进一步加强了图像的虚幻性与同质性。摄影,更像是一种身份的点缀而不是证明，在这样一个微妙而剧烈的变动当中，摄影本身的身份也变得错综复杂、难以确定。广东的诸多优势面临挑战，而大湾区的历史性机遇在呼唤摄影本身的变革与发展。

因此，对于当下的广东摄影，有两个现实问题必须深思：

1."多元"并非"平均"

首先，多元并不代表绝对的平均，那是不可能做到的，也并无此必要。其次，多元也不意味着非要人为地全面，艺术本身的发展会做出最好的选择。因此，多元并非标签，在多元之中充分发挥个性与创造性，才是真正的多元。

2."共存"还要"共生"

广东的多元身份是真切的、生动的、自洽的，从这个意义上说，它提供了最好的范例和样本。与此同时，这也成为它的一个软肋：各有所长、多平行而少交集；开放之下亦有某种封闭。这也是广东摄影近年来在某些方面发展相对缓慢的原因。对此自省，理应成为广东的自觉。和谐共存的同时，还要打通关碍，彼此成就，共同成长。

纪录片在增进地区文化推广与交流、提升话语权方面的实践价值
——以一部澳门纪录片的制作案例为例

何 威
中国文艺评论家协会香港会员分会主席
香港影评人协会荣誉会长

纪录片是文化认同的最好媒介,在记录历史、人类社会思想和充分认识世界等方面都有着不可替代的作用。本文从一部澳门纪录片的制作案例切入,简要探讨纪录片在增进地区文化推广与交流、提升话语权方面的实践价值。

一、大湾区的定位

粤港澳大湾区致力于建设世界级湾区,因此具有不同于内地其他区域的目标和功能。在所有世界级湾区中,他们无一例外不仅在经济方面,更在文化方面拥有强大的、多元的及充满活力的

文化产业，故而粤港澳大湾区建设同样担负的不仅仅是经济层面的建设，更有中国文化产业的发展，发展成为中国文化和世界文化交流的中心。这也必然使得大湾区成为世界不同文化互相碰撞最为激烈的区域。因此，大湾区建设不仅要面对、解决大湾区内的各种挑战，也需要积极探索，包括在文化推广与交流、提升在全球话语权方面建构新的理念。

二、大湾区面对的挑战

大湾区面对的主要挑战（文艺界别）主要分对内对外两个部分。对内是融合大湾区内各城市的文化优势特点，打造属于大湾区自己的文化品牌。对外是文化推广与交流、提升话语权及平台与通道的建构。

建立文化品牌带来的积极作用是全方位的，会大幅提升经济效益，诸如旅游业、创意产业、饮食消费，等等。其次，文化认同是一种可持续的、环保的、叠加性的促进元素，其意义是树立对专属特色文化的接受与认同。建立文化品牌的首要关键是文化认同，而大湾区的品牌建立离不开具有大湾区特色的粤式文化认同（不仅仅是指来自大湾区区域本身，也是指全国区域以及全亚洲、全球的认同）。

大湾区发展是全新的区域性发展，他覆盖了粤港澳三地。这是它的优势也是它的挑战。尽管三地同属粤语覆盖范围，但由于历史原因，三地在共同价值观、文化认同上有着不小的差距，因此虽然是内外两个不同的部分，但在整体上各种问题互为表里、错综复杂。港澳两地因曾受殖民统治，其显著的结果是在对中国文化的认知方面存在不足，也因此导致了对本地文化缺乏足够的信心；其次在文化价值观上更多的是认同旧宗主国的文化价值观。因此重振中国价值观和文化自信是整合建立未来大湾区文化品牌的关键所在。但只要处理好大湾区所面临的这些主要问题，便也同时建构了大湾区在面对世界不同文化相互碰撞的基础。

三、大湾区文艺建构需要的新理念

下面以一部澳门纪录片的制作案例为例，提供一些参考。澳门是大湾区内比较独特的城市，区域很小但历史文化丰富。去澳门拍摄纪录片的想法是源于澳门当局提升文化认知度增进旅游的构思。澳门区域狭小，景点集中，所以可以在很短时间内（不用一天）便逛完所有景点，因此旅客一般不会留在澳门过夜或短期内重复再去澳门旅游。而纪录片则是展示了一种更细致深入的、不同视角的、涉及历史文化以及当地生活的经历体验。在2009年以赌场外的澳门生活为主题拍摄了《猪扒包搭咖啡》、2010年以了解澳门近代音乐历史为主题拍摄了《音乐天地》。希望最终能够活化澳门的世界文化遗产，即让人们不仅仅是去看，更是体验式地去了解澳门的世界文化遗产。唯此可以吸引（如我一般）一众游客不断地去澳门体验、寻找各种人文带来的喜悦和感受。

而2011年的纪录片项目则是有了出乎意料的收获，是一次双向的文化交流。缘起之前的一部纪录片《音乐天地》认识了澳门一个合唱团的指挥伍星洪先生，他的合唱团应奥地利的邀请去参加一个演出活动，因而产生了制作新纪录片的构思。开始时的初步设想和之后在内容及主题上的转变几乎是颠覆性的，影片从《音乐之旅》改成了《回响》。

合唱团在奥地利的演出源于当地（Burgenland Hornstein）为纪念一位荣誉市民Pather Schmid/司马神父100周年诞辰而举办的活动。也因为这个项目，让两国认识这位司马神父的人有了彼此交流的机会。当地举办了一个司马神父在澳门工作的简介展览，并邀请合唱团赴奥地利演出。对于合唱团而言，尽管常常演出这位作曲家的曲目，却几乎没有人（除了指挥）见过或是了解这位来自奥地利的神父。此次的出访经历对大家而言，不仅仅是对作曲家和他的作品有了全新的感性认识，也启迪了该合唱团对澳门本土文化推广的热情，同时更是增加了对外交流的自信。

在纪录片制作采访期间，也是我全面了解这位司马神父独特的人生故事以及澳门部分历史事件的一次感性、理性的切身经历。甚至了解到一些他与澳门一些历史人物的关系，例如罗保博士[1]，这对进一步挖掘澳门的历史文化很有启发。罗保是一位颇为传奇的人物，一方面，他是澳门可能也是亚洲最大的黄金交易商，他还成立了澳门历史上第一家航空服务公司，却也"成就"了港澳历史上的第一次劫机事件；另一方面，他也是一位出色的经济学家和慈善家，他改善了澳门经济发展的模式，从而提升了二战后澳门的经济发展水平，更由于其在抗战期间尽力救济逃往澳门的中国难民而获得各界的嘉奖（因此澳门有一条以他的名字命名的街道——罗保博士街）。我在奥地利采访时，还从司马神父的遗物中发现了几张罗保的唱片，原来是司马神父托在维也纳的朋友帮罗保制作的，因此并没有在澳门发行过。在和奥地利研究人员讲起司马神父和罗保的关系后，他们决定把这几张唱片送给澳门以便能够继续深入研究。指挥伍星洪先生之后说："这次音乐之旅是个很奇妙的旅程。我一直觉得，我们团员对澳门本土作品的认知度不够，但透过这次的行程，我觉得他们改变了，而且肯定了它的价

---

[1] 罗保博士（Dr. Pedro José Lobo），他是位负责经济及对外的官员，也是一位音乐发烧友和业余作曲家。他不仅创作音乐，还建立了自己的乐队和电台（绿邨电台）演奏并播放他所创作的乐曲，也因此绿邨电台在香港也非常知名。

值。我相信我的团员在今后的本土工作上是会更加着力些的。最令我觉得惊喜的是他们送给我们的礼物——那套罗保博士作品的唱片。这令我们这次行程非常的完美。"[1] 在后来的几年里，合唱团挖掘出了不少澳门的本地音乐作品并先后赴葡萄牙、意大利及梵蒂冈演出。

同时，合唱团也渐渐担当起了文化交流使者的职能。2014年9月，梵蒂冈委派西斯廷教堂合唱团开启了首个中国之旅，9月19日到达澳门，21日到达香港，23日到达台北。合唱团成为代表澳门的对接单位。

而纪录片带来的收获是增加了两地观众对当事人、对历史有了新的认识，增进了彼此的了解与接纳，也为未来进一步认识与拓展合作打开了一个通道。对澳门而言，这个项目也使得对外文化交流在文化界产生更多共鸣并得到更多的参与者与支持者。

四、项目潜在的启发

这个项目可以有以下几点潜在的启发。

（一）纪录片对文化推广与交流有着不可替代的作用

要在世界立足，不是单靠武力与经济，更需要文化的实力。纪录片在历史上有着非常重要的记录功能，在新闻文字和摄影之后成为近代最具影响力的载体之一，并在世界认知、文化的推广甚至保护活动方面也发挥着

---

[1] 这套由当时的著名指挥 Prof. Adolf Pauscher 领导的维也纳圆舞曲管弦乐团（Das Grosse Wiener Walzer' Orchester）演奏灌录的独一无二的唱片成为澳门的历史文物，由合唱团转赠澳门博物馆收藏。

越来越大的作用。因此各国尤其是发达国家对纪录片的重视程度都是非常高的。通过纪录片项目不仅可以建立、完善、推广本地文化，也有助于建立文化自信，更对当地产生衍生作用（传播产业走出地域的限制）。因此，纪录片对大湾区未来文化交流和推广可起到重要作用。

但纪录片的发展和历史也从来和宣传与推广脱不了干系，无论从香港电影之父黎民伟早期拍摄的孙中山北伐纪录片，还是欧洲早期制作的新闻纪录片都有清晰的宣传意识，尤其是二战时期纳粹德国的宣传纪录片更是达到了前所未有的高度。也因此，西方民众对于国家参与制作的纪录片都有了很强的戒心。在中国，民众对官方代表的正统文化有极高的认可度，但西方民众却并非如此，他们更偏重信任民间甚至教会组织。因此，要更多地利用大湾区内民间媒体机构制作、传播优势（在海外也有广泛的华人脉络关系），而非仅仅依靠官方独家传播。

（二）纪录片对未来有重要参考价值

纪录片是一种实实在在、真实的历史性记录，这个记录包括了人们当时的各种生活记录，更包括了一个时代的思想、价值观和随之而来的行为结果。这些都对未来有着重要的参考价值。

（三）用纪录片争夺世界话语权

话语权由两个部分组成：传播范围和接受程度。传播范围广固然是话语权强大的一种表现，但同时也受到接受程度的影响。除了语言差异本身的问题，我们的传播困难也在于我们和西方文化在内容与表达上的差异。

中西方文化差异巨大，纪录片制作内容上可以有许多不同的侧重面。而民间制作的纪录片相对于官方可以有更多的角度和选择，即更加的多元化，这有助于全方位接触和推广。

在表达方面，西方文化的表述是从微观到宏观，而中国文化的表述是从宏观到微观，这使得表述的重点并不完全相同。例如我们讲宇宙、自然和集体社会的和谐，在西方讲个人利益、权利和自我奋斗。他们更加容易落入民族主义的狭义思想之中，很难理解中国提出的"人类命运共同体"的理念。

另一方面是我们对西方文化不太了解甚至存在很大误解，我们的文化背景使得我们常常以君子之心度小人之腹，加之西方失实的道德宣传，因此误解其实很严重，将其想得过于理想化了。我们对西方近些年对中国的诬蔑行径感到震惊和不安，但其实这是其一惯行为，只不过过去的中国并不是如苏联般是西方看重的对手。历史上让西方不安的对手都无一幸免地被恶意诋毁或诬蔑，不论是被称为"异教徒"的阿拉伯人，还是大败欧洲联军被称为"反基督徒"的拿破仑……并不是说西方没有道德，而是因为西方道德产生的源泉不是社会而是宗教。换句话说，现实行为和道德在西方不是一体而是分离的，因此在社会道德方面一切现实行为仍是隶属于"丛林法则"的。其次宗教内涵的解释权在教廷，故而历史上也才会有了天主教的"赎罪券"和马丁路德新基督教的诞生。固然，我们应该以事实和道理与西方交流，但在西方行为和道德分离的前提下，加之话语传播不足和面对污名化所致的认知缺乏下，仅仅讲道理是难以被接受的。故此，在大湾区文艺传播的建构中，要充分了解西方世界的文化特性，以形式的多样性使得西方普通受众对中国文化的认受性达到最大化。目前官方的宣传片起不到纪录片的替代作用，因为这需要从民间的角度去说服西方的民众。

虽然电影是建立共同价值观最好的媒介，但纪录片却是文化认同的最好媒介。前者通过故事让人接受思想,后者通过理性思考非表面化的、非直观性地深入介绍人文社会,让受西方文化影响较大的人群认识、理解并最终接受中国的价值观和文化理念。

最后回到纪录片的本质上来,纪录片在记录历史、人类社会思想和充分认识世界等方面都有着不可替代的作用。正确引导纪录片制作在民间的发展将在中西文化交流、中国文化推广乃至世界话语权方面发挥巨大的潜在功用。

注:
1. 《猪扒包搭咖啡》《音乐天地》和《回响》都曾于 2010 年、2011 年、2012 年在澳门国际电影节上放映,之后也在澳门电视台播映过。
2. 《回响》相关文章:《念念不忘,必有回响——追寻澳门嘤鸣合唱团的奥地利音乐之旅》,2017 年 10 月 13 日刊登于《东方文化》,东方文化杂志社。

中国共产党百年文艺实践品格与价值追寻

肖向荣

中国文艺评论家协会文艺评论工作者职业道德建设委员会委员
北京师范大学艺术与传媒学院院长、教授

纵观百年大党的文艺实践，始终坚持实事求是、兼容并包的方法论与世界观，为人民服务，为时代讴歌。文艺工作者在文艺实践的道路上不断成长、不断学习，每时每刻都体现着鲜明的美学品格和价值追求。无论是源于人民、最接近人民的"延安大秧歌"，还是新中国成立初期气势恢宏的《东方红》，改革开放后令世界瞩目的"第五代"导演群体，新世纪"后奥运时代"开放包容的"中国笑脸"，到新时代充满文化自信的文艺创作，都体现了"文艺为人民"思想的初心不改，体现为民族振兴使命赓续精神。

中国共产党的文艺创作始终朝着更高的人民欣赏品位和价值追求迈进，坚定实践品格、美学品格、主流价值观念演进的步伐，随着抗战时期先进青年到圣地延安，接近大地；新中国成立后，文艺创作从地里生长出来，走向人民大会堂，结出史诗范式的硕果；改革开放，人们开眼看世界，也回眸望乡土，浪漫的革命者之歌和青春的激情迸发出来；新千年，北京奥运会之后，充满想象力的中国人向世界宣布进入全新的如梦如诗的史诗况味追求；新时代，世界的中国和中国的世界更加完美地交融，在西湖、天安门彰显当代中国自信从容的精神美学追求，百年历史铸就了一件件文艺创作精品力作。在历史的大潮中，中国文艺守正创新，拒绝僵化，不断演进，形成寻求革命现实主义与革命浪漫主义相互交织的史诗品格。

  百年以来，中华大地上发生的影响最深远的一件大事，莫过于中国共产党的诞生以及她领导中国人民艰苦奋斗所书写的感天动地的壮丽史诗。经过百年持续奋斗，中国共产党团结带领中国人民从积贫积弱、四分五裂中崛起，成功地实现了从站起来、富起来到强起来的伟大飞跃。一代代文艺工作者用艺术语言追魂摄魄，记录百年巨变、描绘百年党史，留下了一大批经典之作。生于斯、长于斯的众多中国艺术家，自觉投入记录和描绘这场百年大变革的历史洪流中，将我们党的伟大历史征程凝聚于壮阔恢宏的丹青画卷、音乐或舞蹈的史诗，通过具有史诗品格、震撼心灵的艺术经典，塑造人物、表现历史、描绘现实，成为中国共产党百年奋斗史的生动注脚。一代代中国人始终坚持"既不走封闭僵化的老路，也不走改旗易帜的邪路"的清晰认知，我们走的是"以人民为中心"的人间正道，大道之行，天下为公。

  文化艺术具有民族性与超民族性的价值，是世界各民族、各国家的人民能够进行思想精神交流、产生人类命运共同体价值和认知的最有效的精神载体，是最能够形成价值认同的基础。因此，世界各个民族和国家的文化和文艺，既具有民族性与世界性共在的特征，也具有人类精神价值追求上的最大通约性和共鸣性。在人类命运共同体建构中，中国新时代文艺思想既是必不可少的内容和价值构成，也是可以发挥最有效交流与沟通作用的精神纽带和桥梁。站在"两个一百年"的历史交汇点上，中国文艺作品中所凝聚的中国价值、中国精神，应该充满自信地予以国际传播和融入世界文化建设之中。

可以说，中国共产党百年的文艺方针是不断生长的，是充满生命力的，而且是有鲜明价值追求的。在党的百年历史进程中，一方面，充满包容与吸纳的精神，接收世界范围内最先进、正面、积极的文化艺术理念与创作方式，为我所用；另一方面，深深扎进中国大地，吸收百姓、农民的语言，汲取来自泥土的养分。革命的激情、现实的思辨与中国传统文化中瑰丽的想象、诗意表达的悠长韵味，贯穿起来，成为中国文艺思想的鲜明特质，成为独特的东方文艺美学追寻。百年文艺思潮吸纳了左翼的先锋与激情，但又不是一味狂飙突进；学习苏联的社会主义先进建设经验，但又不是唯"写实"是纲；改革开放之后它也不排斥欧美的后现代主义，但扬弃了西方美学中荒诞不经与嘲讽取笑。中国文艺工作者紧跟时代的步伐，在不断开眼看世界，接收先进思潮的过程中，抱定百年来的优秀传统与社会现实，让中国共产党百年以来的文艺思潮丰富、充盈而又充满思辨气质。脚踏中国大地，肩负人类"美美与共""天下大同"的使命，一路"风卷红旗过大关"，紧紧跟随百年大党乘风破浪，扬帆远航，去描绘伟大的美丽中国梦。作为新时代的文艺工作者，当以信仰之光，照耀创作之路。

承先启后的创新实践

张紫伶

港澳非物质文化遗产发展研究会秘书长
香港崇正中学署理校长
赛马会毛俊辉剧艺研创计划项目总监
香港雇员再培训局影视技术顾问

香港在粤港澳大湾区发展规划里，其中一项重要任务是："需要大力发展创新及科技事业，培育新兴产业。"借着"首届粤港澳大湾区文艺创新论坛"的举办，就"创新理念下粤港澳大湾区文艺实践与理论建设"主题，与大家分享几点拙见，希望能为大湾区文艺发展做出一点微薄贡献。

我出生自梨园世家，从小在广东粤剧院长大，小学移居加拿大，因为母亲的原因一直在海外从事粤剧音乐领班的角色。大学毕业后受聘回到香港都会大学及香港演艺学院执教，2015年在单位的支持下赴北京的中国艺术研究院读博士，于2018年完成学业，目前在香港崇正中学担任课程总监对接英制中学课程，同时在2017年成立了"港澳非物质文化遗产发展研究会"并担任秘书长一职至今。许多戏行的前辈告诉我，我的经历是独一无二的，不仅见证了广东粤剧院的辉煌时代、目睹了广东粤剧在海外的繁华盛世、参与了香港粤剧的学术转型,更获得了国家顶尖学府名师们的细心教导,从意识形态、实践经验、理论研究上得到了全面的滋养。而我除了感恩,也通过毕业论文整理了香港粤剧流派的脉络,希望后人能从中得到一些对于粤剧创新发展的思路与启发。

粤剧五大流派当中,以薛觉先与马师曾对后人影响最为深远,薛派艺术的形成与成功的要素分为两个部分,第一个构成部分,是建立于个人成长与修养层面上的外部成因,重点为其文化及学历的背景、勇于突破的创新精神、勤奋好学不耻下问的艺术修养,及良好的舞台形象与社会地位。第二个构成部分,是他们通过不断的实践与累积以后,创造的属于自我的舞台风格,并得到行业的认可及有效承传的内部成因,如创造代表性的唱腔脉络、制定量身打造的经典剧目、拥有并有效经营自己的班牌,及培养与教化市场与观众。以上提及的勇于突破的创新精神、培养和教化市场与观众在今天一点也不陌生,实际上前人在这两个方面都做得比我们出色,纵观现今业界生态环境的衰落,主要是因为重心一般只能顾及技艺的传承,实践资源往往大多匹配至老倌,在外部方面往往缺乏了关注,以致培养出来的接班人越来越流于表面,少了以往艺人那般对艺术的坚定与热爱,导致艺术含金量每况愈下,市场与观众流失量日趋严重。

马师曾则曾披露自己希望积极推行改革,而改革则必须舍弃旧有的成法,举凡排场、步法、武戏靶子、音乐歌唱等,皆需要进行改变,不应再以戏曲的旧格式作为粤剧结构的基础。陈非侬在其口述《粤剧六十年》中忆述马师曾演出的编排,认为其作风与通常粤剧不同,以现实代替抽象,全晚只有六幕场次,去杂留精,删陋就简,演不同时代着不同服装。出场时不用锣鼓,配以逼真的画景、家具道具,每一场起幕便唱做,唱曲时不用弦索过门，大锣大鼓尽量减少，犹如白话剧中多加唱做的形式，此等戏剧，欧美最为流行。他的改革，几乎涉及了舞台上一切的层面，创新之处颇多，如在音乐上与薛觉先一样，引进大量西乐，以及引入埙乐等色彩丰富的国乐器乐，甚至有时候全面使用西乐而不用任何传统粤剧伴奏器乐。在舞台美术方面，马先生喜用白话剧及电影的布景手法，较多使用立体布景，要求戏院班主花费数万元以添置真实的家具道具上台，一切配备与细节都十分讲究，并以此作为票房卖点，大做宣传。马师曾长时期摒弃旧传统，固然对粤剧带来了相当的冲击，但却为城市娱乐性的粤剧带来了新的思维与尝试机会。

这是20世纪30年代省港粤剧环境的改变与发展，从薛觉先1925年远赴上海，开办了"非非电影公司"、引进西洋乐器、确立小提琴为"头架"；马师曾搬用美国所见，改编外国电影剧本、大量使用西洋乐器、广东音乐、外国流行曲、学习粤剧音乐伴奏；白驹荣到华林寺学习和尚形体动作特点、改革唱腔格式、给学生使用钢琴吊嗓、学习西洋发声法、芭蕾舞；桂名扬掌握锣鼓掌板、创造"锣边花"、自创小武经典程序，到廖侠怀创作荒诞剧、运用印度历史人物、穿越题材、起用日本留学归来舞美使用大量舞台特技，无一不显示着前辈艺人们艺术成就的关键要素，那就是在个人成长与修养的层面上，通过不断的实践与累积以后，创造的属于自我的舞台风格，并得到市场的认可，以上必须紧密结合，才能使粤剧继续发展与传承下去。现代粤剧艺人的文化程度与艺术修养参差而缔造出来的生态环境，是恶性循环死胡同，唯有借鉴历史，梳理好脉络，调整粤剧界对于以下要素不重视的态度：剧目内容反映当代生活题材、广泛吸收新型艺术表现手段、不断创新和实践冒险精神，及获得男女老幼观众的喜爱，才是上策。

回到我们的主题"创新理念下粤港澳大湾区文艺实践与理论建设"，上文分析过创新与实践，它们对广东粤剧来说不算是新概念，但我的经历让我感受到，前人在这方面往往比现代从业者勇敢。由于广东粤剧在昔日的粤港澳，甚至海外皆如此地受到大众欢迎，从业者们无论在名誉上、经济上还是生活上都有一定的保障，要继续在成功的基础上进行改变是需要莫大的勇气与胆识的。在理论建设方面，内地因为有专业的艺术中专、高等教育学府及大批优秀的专家学者，因此一直走在港澳的前面，这也是我为什么坚持要赴北京读博士。在北京的三年期间，我经常被我的老师与同学的戏曲基础理论知识之渊博震撼，更羡慕内地的戏曲学子们可以有如此优良的师资团队，在他们的艺术文化修养上循循善诱。中国戏曲研究院戏曲研究所与中国戏曲学院戏文系的许多老师更是频繁往返广东省各地，为粤剧的理论建设教材提出重要的建议及协助粤剧建立系统化的数据库。

港澳的理论建设在我看来是相对缺乏系统、研究与论证的，大部分是以口述回忆录或是名人的特刊为主。在我任教香港演艺学院戏曲学院的学科讲师的六年多期间，我深刻意识到无论在香港或是澳门，粤剧想要恢复昔日的昌盛必须从理论建设和青年演员的实践研究基础上有所检讨改进，才有望整体提高目前的艺术水平，在当今浩瀚的演出形式中脱颖而出，注入新鲜的血液。目前港澳本地少年愿意入行的极少，当地青年粤剧演员大多半途出家，亦没有相对良好的学艺环境，以致表演水准日渐衰弱，市场与观众的发展状况也大不如前。

我经常在想，粤剧是不是应该是一种表演的形式，是一个说故事的载体，像电视电影一样有经典作品人物供后人研究，但也可以继续创作出后人热爱的作品供大家欣赏，起码五大流派的发展脉络是与我的想法不谋而合的。深入民间、海内外传播和融会贯通是前辈们留给我们学习的成功法门，我们在钻研他们的技艺的时候，更需铭记他们对粤剧的热爱与思想。现在是粤剧创新最好的时候，在国家大力发展大湾区、重点扶持文艺实践与理论建设的时刻，粤港澳粤剧有望重新结合各自的优势，共同发挥各自的优势，创造出符合这个时代的作品，培养出新鲜的血液。例如香港与澳门的粤剧在群众与社区当中是相对有成果的，目前香港有超过两千个注册曲艺社团，散布在各个社区及商厦，它们大多为闺秀名流创办的自娱自乐粤曲演唱场地，麻雀虽小，但孕育了无数粤曲音乐员与粤曲导师，此资源甚为宝贵。广东的优势是系统性和专业性，青少年的基本功训练扎实，以及配备充裕的台前幕后专家团队，策划、排练以及实践演出皆有丰厚的资源。

作为港澳非物质文化遗产发展研究会秘书长，我与我们的港澳区召集人毛俊辉教授一直在积极团结粤港澳优秀人才与资源，努力落实创新实践研究中心，冀望通过创新、研究与实践培养出粤剧不同岗位的接班人。我们相信创新是基于大量研究的基础，而考验创新是否成功则要建立在不断的实践中。我们需要找到具备前辈艺人对粤剧那样的热爱与创新思维，并有宏观艺术素养的领军人物，通过不断的实践与累积，创造属于我们时代的舞台风格的粤剧作品，坚定深入民间、融会贯通且大力推广至海内外的经典作品。

从文学史看文艺的创新机制和它的启示

林 岗
中国文艺评论家协会理事、文艺评论工作者职业道德建设委员会委员
广东省文艺评论家协会主席
中山大学教授

古人对易道周流深有体察，就像古代文论里的通变论就是诗文领域的创新论，它是文论里创作论的基本命题。但文艺史上还存在另一种古人未曾讨论的创新机制，它虽超出创作范畴但仍属于文艺的创新现象。这种创新机制在诗文作者个人求新求变的主动意识之外，由无意识的"跨界"，变换原来的写作赛道，不自觉之间实现了文艺创新。了解了文艺史，明白了创新现象的机理，今天的作者可以变被动为主动，在创作中为我所用。

科技和文艺恐怕是人类工艺和精神活动里最讲究创新的两个领域。无论两个领域的创新是有意识的还是无意识的，长江后浪推前浪的铁律都支配着这两个领域的人类活动。一旦创新活动停顿下来，科技这个"第一生产力"就止步不前，而文艺则只能重弹"老调子"，作家只能重复自己。科技被人类的好奇心和市场活动驱动

着进行创新,而文艺被作者的激情和读者观众驱动着进行创新。你不创新,旧技术就被淘汰。你不创新,作家和作品无从获得应有的价值和位置。可以说,创新的价值和意义无论对于科技还是文艺都是同等重要的。

从历史看,与古代中国技术长期处于停滞不前的状态不同,文学的创新老早就成为命题,进入了文论家议论探讨的视野。这就是古代文论持久探讨的"通变"命题。在古代生产技术属于日用百姓,"劳心者"可以不察不知不关注,但诗文属于安身立命的"三不朽"之一,士大夫是用心讲求的。所以他们早早知道"立言"而传之久远,其秘诀在于"谢朝华于已披,启夕秀于未振"[1]。然而古代文论家是将创新作为创作论问题来探讨的,所说的"通变"只在创作的范畴得到讨论,换言之"通变"只是诗文作者必备的本领。如刘勰论通变:"名理有常,体必资于故实;通变无方,数必酌于新声:故能骋无穷之路,饮不竭之源。"[2]那些能懂得通变道理的文士,其创作走得更远。而那些走不远的,写作有时而穷的诗文作者,就在于他们没有掌握通变的方法。"绠短者衔渴,足疲者辍途,非文理之数尽,乃通变之术疏耳。"[3]古人文论的通变思想,当出于易道。《周易》有云:"易穷则变,变则通,通则久。"[4]对天道周流不息,往复变易的观察,已经深深楔入中国人的文化深层心理。它能化入文论之中,成为古代文论创作论的基本命题,是毫不奇怪的。然而,因为通变局限在创作论的范围,一旦说到如何才能通变,文论家所能指出的具体门径,也就无非回归"文统",谨

---

[1] 陆机:《文赋》,载郭绍虞编《中国历代文论选》,上海古籍出版社,1979,第67页。

[2] 刘勰:《文心雕龙注 通变》(下册),范文澜注,人民文学出版社,1958,第519页。

[3] 刘勰:《文心雕龙注 通变》(下册),范文澜注,人民文学出版社,1958,第519页。

[4] 阮元校刻:《周易 系辞下》,载《十三经注疏》上册,中华书局,1980,第74页。

守经典，博览精阅，变文为质，师法古人这几项。这些门径固然有其道理，对某些诗文作者，尤其是初学者是有效的。但这些通变的门径在历史上到底发挥了多大的作用？我以为不能高估，尤其是不能认为古人的通变论就说尽了文艺创新的道理。这并不是因为古人的通变论错了，并不是因为古人所论的通变门径与事实不符，而是因为古人将文学的创新仅仅置于创作论的范围来探讨，其眼光还是显得受限了。通变固然在创新的范畴，但似乎不是文艺创新的全部。还有，就创作而论，诗文作者能接受和领悟通变的道理仅仅触及创作者主体理性的层面，至于具体的创作者能否将这个通变的道理落实在创作中，还存在个人才华的问题。这不是理性层面能解决的。道理再正确，方法再得当，奈无才何？以创作的眼光看，作者最后能否实现通变，最为重要的因素并不是懂得不懂得通变的道理，而是文学的才华到底如何的问题。若是缺乏文学的才华，懂得再多的通变道理也是白搭。所以古人以通变论文学创新，只触及了文学创新的部分问题，绝没有穷尽全部。以创作的通变论创新，固然有其道理，但也未必尽然。如果我们跳出创作论，以史的眼光观察文学，与创作通变论不同的文学创新景象赫然出现在我们的面前。我把它称作创新机制，因为它超出了作者创作的领域但也属于文艺的创新现象。其中的道理也值得我们略加阐述。

　　文学史上，我们看到与创作者主动"通变"不一样的文学创新，这类创新通常是在无意识中实现的。创作者为料想不到的文学新现象所吸引，逸出了原来的规范轨道，无意中走到了一片写作的新天地。用通俗的话说，就是不知不觉中更换了赛道，既没有谨遵经典师法古人，也没有主动求变，但事实上却实现了文学的创新。当然就创作者无意识这一点而言，所谓创新也是我们事后看出来的。这种创新颇有黑格尔"自在"概念的味道，它虽然不是主动求新求变那样"自为"的创新，却也通过漫长历史的积累，实现了文体、题材和风格的创新。一部丰富的中国文学史提供很多这方面的案例。比如五言诗的出现，那是诗史上划时代的大事。它当然不是哪一位诗人求新求变的结果，五言体首先出现于民间乐府诗，然后文人士子仿效试作，逐渐完善而成为诗体的主流，其间跨越百年。词、戏曲、话本的演变大体上也经历了类似的故事。这种类型的创新如果给个说法，可以称为更换赛道式的创新。它在创新的方向、方式、途径和实现的效果上都不同于创作论意义的"通变"，我们有必要好好认识这种文学史上存在的"自在"式创新机制，这对于今天的文艺家进行文艺创新是有好处的。

中国文艺自古以来就存在雅俗分治的格局。雅俗分治意味着由文体、表现方式、修辞乃至用词等不同构成的趣味差异各有其存身的天地。雅的在社会上层，满足富有教养、断文识字的贵族上层文人士大夫的文艺需要；俗的在社会下层，满足那些不识字、文化水平较低的百姓的文艺诉求。雅俗分治的格局演变出来的一个结果就是雅的文艺流行一段时间就凝固、僵化起来，难以获得持续下去的动力。古代文论的"通变论"其实就是针对此种局面而提出的挽救之道，期待身处文统之内的士大夫具备自觉意识，在雅的文艺凝固僵化起来的时候扶衰救弊。至于这种雅的文艺在流行中易于凝固僵化的原因，乃是因为它们本来就不是面对着生活的"原生态"，比较高高在上，流行既久，就陷于无源之水无本之木的境地，失去再生的动力。然而与此相反，俗的文艺因为在民间，它虽然粗俗、幼稚但不凝固、不僵化因而呈现生机勃勃的面貌。粗俗的生命力在俗文艺里是不缺乏的。如各地域的民歌，陕北的酸曲、青海甘肃的花儿、两广的客家山歌，等等。由于雅俗分治的格局，新文体新风格的形成往往在民间。它们活跃、有生机，但粗糙、幼稚、不完善，反映的是民间社会的趣味。雅俗相较正用得上一句老话，"尺有所短，寸有所长"。单纯执着于雅俗在审美上的长短，我以为并没有大的意义。我们需要观察的是雅俗文艺在历史上的交往和互动。这里需要强调一点，雅俗分治并不意味着雅俗隔绝。分治只是指出了趣味分层的状况，分层不是隔绝。雅文艺历史上对俗文艺的影响主要便在于观念的示范和导向方面，可以说雅文艺的观念内容很大程度上规范了俗文艺，渗透了俗文艺，它起着示范的作用。俗文艺史表明，通俗作品无论在趣味上如何"出格"，但极少见它们非难或违背儒家伦理和传统的道德信条。趣味可以不同，反调近乎罕见。即使有一二个例，也属于"正统的异端"。可以说雅俗两者在意识形态上根本就是一体的，从这种一体性中可以看出雅文艺对俗文艺的示范和导向的影响。

　　雅俗分治又不隔绝的格局无形中给文艺创新开出了一片天地。处于社会上层的雅文艺当然是规规整整毫不紊乱的。当它的文统生气勃勃的时候，其文艺创作也是生机勃勃的，然而当承平日久，它逐渐进入凝固僵化状态的时候，情形就起了分化。一面是坚守文统的士大夫打出以复古为革新的旗号，在"通变"的范畴内寻求出路。这种复归元古、师法古人由文归质的文学思潮，在汉唐宋明清都曾出现过，它是上层雅文艺内部发生的演变。另一面是富有文艺修养士大夫当中的有心人，他们转向民间的俗体文艺模仿学习，汲取俗文艺在表现方式、题材、修辞等方面的养分，为己所用，以自身深厚的文艺教养改造俗体形式，由此实现文艺的创新，给文坛带来清新的面貌。这些文人士大夫所以能这样做，雅俗分治但不隔绝格局的存在是一个前提。在欧洲就很难设想这种文艺上雅俗渗透的情况出现。因为欧洲的文艺传统，其雅和俗，不但分治而且隔绝。雅和俗不但是趣味的差异，而且也是阶层的隔绝。平民的趣味、文艺形式和修辞不存在进入贵族和僧侣欣赏的渠道，就像它们的戏剧传统里悲剧和喜剧的截然划分一样。但是中国的文艺传统与此不同，文艺固然有雅俗，趣味固有不同，但社会存在强大的上下层沟通机制，像儒家所说"自天子以至于庶人，壹是皆以修身为本"，[1]就是一端。雅文艺的趣味和形式，它们本身就存在一定程度的开放性。当原本属于俗文艺的文体、表达方式和修辞得到文人雅士的改造提升，它们也能登堂入室，迅速成为上层审美追捧的对象。假以时日，原本属于俗的，日后即变身为雅。

如果追溯动机，士大夫当中的有心人当初也不像现今文艺家那样立意创新。他们往往对文艺趋向的变化，触角并不是那么敏锐。只是他们比较放得下文人雅士的架子，虚心看待周边的新事物；或者即使依旧端着文人的架子，但有今日当做今日事的随机应变能力，不被旧的条条框框束缚住手脚。于是迈得开不寻常的步子，模仿、学习民间俗界流行的文体、风格、文艺形式。他们只要能写出足够有新意的作品，自然就引来了更多的效法者，不断实践，不断完善，从而提升了俗界文艺形式的文艺性。其中好的作品在文艺史上获得长久的名声。中国文学史上，这样的例子比比皆是，大家耳熟能详。由于文献疏于记载，很少留下具体的人名，今天还说得出姓甚名谁的鲜少，但案例却是俱在。比如词，它的前身原本流行于唐代丝绸之路各节点城市歌楼酒肆的寻欢酒宴，为胡姬艺妓所演唱，乐器、乐曲多来自西域而融汇华夏。这种文艺形式，不但流行于社会下层，而且舶来色彩浓厚，是典型的俗文艺。它们与正宗文体的诗文分属不同的艺文天地，但身处文化大熔炉长安的士子，得意或失意的，无不出入酒肆欢场，耳濡目染，或一时技痒，或为情所动，为自己为歌女谱将起来，变身为歌词作者。当时随作随毁的当不计其数，那些侥幸流传下来的，就成为了词，一种此前未有的抒发情感的文艺形式。今天我们能读到的"词祖"

---

[1] 阮元校刻：《礼记 大学》，载《十三经注疏》下册，中华书局，1980，第1673页。

是李白的《忆秦娥》，既有才子伤情，又饱含英雄气概，末句"西风残照，汉家陵阙"，意境何等雄阔。又如，话本乃至章回体小说的产生，也与此相去不远。它渊源于佛教传入中原时行脚僧向百姓宣讲佛本生故事的底本，我们今日还可于敦煌变文看见其轮廓。行脚僧的传教行为无形中带起了口头讲故事的风气，引来了下层文人的模仿，于是故事题材由宗教向世俗转移，敦煌变文中又有讲史一类。这意味着口头讲故事这样一种佛教东传输入的表达方式，不仅脱离了宗教传播，而且被民间说唱艺人加以本地化。到了宋元时期，口头讲故事的风气流行，部分失意文人更加以模仿，孕育了话本、拟话本乃至章回体小说。如果没有文人加入这个行列，那口头讲故事也许就停留在说唱的阶段。又如，古代文学批评的评点方式，明以前仅用于诗文。晚明才子金圣叹，才高傲物，屡考不第，作文嘲笑考官，是典型的落魄文人，但他将自己原本擅长批点诗文的批评方式，创造性地运用于批评当时不登大雅之堂的通俗章回体小说。他应该不是第一位评点通俗文体的人，但他把这一批评方式做得炉火纯青，别开生面，成为一位通俗小说的批评大家。上述例子，都是在新的表达方式、题材、修辞等已经存在的情况下，不行旧路走新路，更换了赛道，无意中创新了文艺。古代文人能够这样做，站在他们本身的立场，眼光向下，汲取文艺"原生态"的养分，这是最重要的。

客观上，古代文艺史上的雅俗分治和交流融通给中国文艺带来了源源不断创新的土壤。然而土壤的存在不等于现成的创新，就像有了一片土地并不等于一定能获取收成。就算在古代也并不是任何一位作家都能利用好历史机缘给他们提供的条件，绝大部分作家还是习惯于原来的轨道，对创新机会的悄然到来浑然不觉，更何况那些客观上更换了赛道的作家也多是在无意识中实现的。所谓机缘巧合，偶然性的因素扮演了创新更重要的角色。正是在这一点上，我们今天可以胜过古人。中国从百年前的农耕大国已经变身为工业和科技大国，科技和生产力的极大进步已经使得创新意识深入人心。文艺创新包括文艺评论的创新已经成为了我们共同的话题。这就说明现当代的文艺创新，它不再是"自在"的，而是"自为"的。主动而有意识地进行创新实践已经变成文艺领域的普遍现象。当然这并不是说已经不存在提升创新意识方面的问题。作家对创新的自觉性能从"自在"的状态提升至"自为"的状态总是对文艺的正向发展有好处的。

除了变"自在"式的创新态度为"自为"式的创新态度之外，实际上，现代中国社会的文艺创新土壤比之古代中国社会不仅辽阔得多，而且肥沃得多。这要拜科技改变人间的强大能力所赐。社会学上，用第几次"浪潮"、第几次"产业革命"来形容当今科技给予人类社会的影响。不用叨念那些词语，用我们日常生活的感知就能领悟如今正处于科技力量强有力塑造我们生活的年代。这种改变既给文艺创新带来前所未有的机遇，也伴随从未遇到过的挑战。比如日渐成熟的网络平台，它本来只是信息传输的技术，并不属于文艺。但文艺作品从来都存在传播的问题，网络技术的出现不但创新了文艺的传播方式，而且借助这种传播方式催生出新的表达方式，一大批寄生于网络天地的文艺表达形式，如网络小说、中短文艺视频、虚拟画廊等如雨后春笋般冒出头来。它们一如古代通俗文艺，虽不入于大人者的法眼，但却异常活跃，生命力强大。在技术的周期之内，它们的生存是没有问题的，随着技术的迭代，它们的形态当然也将随之改变。无论如何，我们今天面对由科技催生的新的表达方式及其文化，是不是有几分像前文讨论的雅俗分治的格局？其实这就是一种新时代文化上雅俗分治的状况。如果答案是肯定的，那是不是也由此存在一片文艺创新的沃土？我认为是的。现代科技为文艺发展创造了另一个"民间"，不同于自古以来的山村乡野的民间，它是技术的"民间"。这两个民间都可以为文艺创新提供营养丰富的"原生态"。要实现具体的文艺创新，文艺家们如果能睁开双眼，迈开双腿，走向这两个"民间"的大地，就一定能实现其创新的目标。其实文艺界的有心人已经尝试这样做了，只是这片文艺创新的沃土还未被充分认识而已。当然也要知道，技术虽然是中性的，但它创造改变的可能性越大，也意味着借助它进行改变的风险越高。在这种情况下，文艺创新很可能走向单凭着创作者空洞畅想的途径。如果创新搞成创作者海阔天空的造作，那这种自我臆想出发的创新就不会是真正的创新，只是泡沫式的空洞的把戏。在创新意识高涨的今天，尤其需要避免空洞、为创新而创新的"创新"。

总括文学史呈现的文艺创新机制，它一直在两个层次进行。一个是创作主体自身通变的层次。这个层次的创新多与经验的积累，与对先在传统的体悟师法有关。在文艺史上见到的"中年变法""衰年变法"现象，就属于这个层次的创新。但文艺史上还存在另一种更换赛道式的创新，它跨越原来的文艺趣味层次和表现方式，进入原来不熟悉的初生的文艺天地，以自身的教养趣味提升原来的表达方式，从而实现文艺创新。其实人类的生活无论古今，那些在生活里展开的粗糙幼稚不成熟的形式、表现媒介和风格一直存在。放下高高在上的架子，向在"原生态"蓬勃生长的文艺汲取创作的养分，效法和学习其中有益之处，不失为一条可以借鉴的途径。只要有志的创新者有足够的思想和文艺觉悟，有足够的艺术敏感性和趣味的辨别能力，就一定能够发现这些粗糙幼稚和不成熟的形式、表现媒介和风格有价值的地方，也一定抛弃其中的糟粕和无聊的成分，从而完成文艺的创新。

本文刊于《粤港澳大湾区文学评论》2022年第2期。

试谈"南方电影"
——一种美学与历史的建构

陶 冶

中国文艺评论家协会会员
广州大学粤港澳大湾区影视艺术研究院院长、教授

  近年来，我国电影学术界基于中国电影学派的宏观学术框架体系内的地缘电影学研究已然成为一门显学。本来作为一门电影学与人文地理学、地缘政治学等的交叉学科，却因为"地缘"概念的复杂性使得许多区域概念出现了含混与交叉。例如以西北大学西部电影研究中心为代表的"西部电影研究"，起源于20世纪80年代以西安电影制片厂为代表的一系列风格特色鲜明的作品，然而今天，"西部电影"的概念不仅超越了西影厂，甚至超越了大西北，以至于涵盖了云贵川等大西南地区的电影创作。再如以东北师范大学东北亚电影研究中心为代表的"东北电影研究"，已然不仅仅满足于以长影厂创作为核心的"东北电影"，甚至超越中国东北三省及内蒙东部地区，将学术视野关联到了包括朝鲜、韩国、日本在内的"东北亚"地区。在同行如此伟岸的学术视野下，如果我们今天依然将目光聚焦于"大湾区"——这"9+2"的11座

城市——在中国版图上微乎其微的一个小角，恐怕会进一步窄化我们试图表达的地缘电影概念。

正如前面几位老师在讨论这一问题时，也不同程度地使用了诸如"南国电影""岭南电影""大湾区电影"等多个概念。无论是如前述周星老师所言的命名抑或证明，还是我们对于这一概念所指涉对象主体性的担忧，恐怕都需要我们在找寻地缘意义上最大公约数的同时，还要进一步探寻文化语义上的最大公倍数——基于此，我们认为，相对合理的表述是"南方电影"。毕竟"南方"在狭义的日常地缘话语中，往往趋向于指涉以广东为核心的中国华南地区。而很长一段时间以来，广东省也在不断地强化对于二者在语义上的认同，无论是作为广东省委机关报的《南方日报》及其下属的南方报业集团，还是作为省级台存在的南方电视台，甚至还包括最初依托广东省建立的南方航空公司。此时的南方不仅仅是超越"粤港澳大湾区"地理意义上的南方，而且是在更大程度上超越了粤桂琼三省的华南（岭南）地区，并向中国以南地区辐射的一个文化辐射面。这个辐射面包括了普遍更为认同中国南方文化的东南亚地区的广大华人，以及遍布世界的海外华人——今天的我们在海外唐人街发现粤语比普通话更为通行，便是其中之侧证。

一、"南方电影"的美学背景

于是今天，我们来尝试着建构南方电影的观念。而一谈及建构概念的时候，无疑恩格斯在《致斐·拉萨尔》中提到的"美学的"和"历史的"

的标准[1]是我们必须面对的。如前所述，从地理意义上来看，广东省的范围都远大于"粤港澳大湾区"的"9+2"这11座城市，而今天我们所描述的"大湾区"在很长一段时间与原广州府辖区有着较大程度的重合。由于中国华南地区与中原地区迥异的地理环境，使得此处长期被视为"化外之地"，因而在行政管理体制上也较为粗放。这便直接导致广州府的辖区远远大于中原和江南地区同级别的政府机构，而广州府的辖区通行的语言广府白话便是内地称之为粤语的方言。

换言之，粤语通行的地区大体上跟珠江三角洲重合，但就单单在广东地区还有着至少三个截然不同的方言文化区——潮汕方言文化区、客家方言文化区、雷州方言文化区。这三个地区方言在语系上就与粤语系截然不同，生活习惯也有很大的不同。例如潮汕地区涵盖了潮州、汕头、汕尾、揭阳四个地级市，覆盖了粤东的大部地区，而潮汕话在语系上隶属于闽南语系，生活和饮食习惯也与闽南地区更为相似；以梅州为核心的客家人则是宋以来南迁的中原人，语言生活习惯与周边迥异，因此与地方原住民之间长期存在冲突，而在建筑上独特的客家围楼，在某种意义上承载了这种群居与军事保卫相结合的功能。只是今天，这种圆形的民居被《大鱼海棠》《花木兰》等许多电影，作为审美意象而呈现在大银幕上。而沿着广东漫长的海岸线，诞生了许许多多的侨乡，许许多多的先辈被迫背井离乡下南洋讨生活，而后代的华人比如香港富商李嘉诚便是潮汕人，泰国前总理他信、英拉兄妹便是梅州客家人，显然对当地的政治、社会与环境造成了巨大的影响。

这些独特的民间生活习俗早就形成了各有不同的文化与美学偏好，粤

---

[1] 恩格斯：《致斐·拉萨尔》，载《马克思恩格斯选集》，人民出版社，1972，第571页。

西、粤北、粤东和珠三角不同的地貌也进一步造就了特色独具的文化风情。于是，当我们从地缘电影学的角度来论及此处的时候，我们会发现大湾区或者广府文化其实都不足以涵盖和描述我们所指涉的对象。

二、中国电影的早期策源

从历史的角度来说，就南方电影或曰南方影视而言，存在着两座高峰。第一座高峰是在中国电影诞生之初，这里是中国电影的发源地之一，广东电影人是早期中国电影中极为重要的组成力量。如丁亚平老师所说的黎民伟与黎北海兄弟的代表作《庄子试妻》（1913年），几乎是目前我们在实物意义上可以找到的最早的中国（香港）电影。

而沿着我们前述的地缘思维去梳理早期的广东电影人，可以发现其实有两条有趣的地缘路线：广府线和潮汕线。前者以黎氏兄弟为代表，他们是今天江门市新会县（区）人，此地今天依然是广府地区最重要的侨乡，出国讨生活成为当地人一种极为正常的人生选择。黎民伟出生在日本，并且在香港认识了电影的同时意识到拍电影可以挣钱，因而黎氏兄弟的电影创作，则完全可以被视为海外华侨的回乡创业故事。后者则以郑正秋和蔡楚生为代表，他们是典型的跟着潮汕商帮去上海做生意，在上海看到了电影，进而投身电影行业中。换言之，在中国电影的早期，至少广东电影人是将电影作为一个谋生手段，或者一门创业的生意来开展的，这个历史叙事实在与艺术无关。

更进一步，我们从今天大家熟悉的创业视角来看待早期广东电影人的时候，很多疑惑便烟消云散。例如，作为中国真正意义上第一个电影女演员的严珊珊是今天佛山南海（区）人，同时也是黎民伟的太太，而随后的影星林楚楚（黎民伟二姨太）也是江门新会人，同时也是加拿大华侨；著名影星阮玲玉则是今天中山市人，与其合作的著名导演郑君里是乡里，与蔡楚生亦有深厚的广东同乡情分。这些创作者构成了我们今天进行电影史书写时，将广东作为中国电影重要策源地的依据，而现实的情况可能与今天的创业青年拉着亲戚朋友和同乡一起创业如出一辙。

三、粤港电影的消费历史

值得注意的是，由于广东地区普通话（国语）普及的不足，一定程度上使得广东籍的演员在有声电影出现后迅速处于较为不利的地位。然而在这一过程中，一位女演员截然不同的成长路径，则又为我们南方电影的历史建构提供了一条线索。与前述广东电影人北上上海创业不同，更为年轻的红线女因躲避战乱被迫来到了香港。尽管今天，我们是将红线女当作粤剧表演艺术家以及这一剧种的代表人物来看待，但在香港的红线女其实是一位十分优秀的电影人，目前根据广州红线女艺术中心的统计，可以找到其主演的电影有 96 部[1]。一方面，香港作为一个商业社会，留给粤剧表演的机会十分有限，粤剧演员演电影是一种不得已的谋生手段；另一方面，香港独特的消费环境也给了只会说粤语的演员从事有声电影的机会，并因此造就了香港粤语片较长时期的兴盛。

---

[1] 1996 年 5 月，广州市人民政府为表彰红线女的粤剧艺术成就和对粤剧事业的贡献，成立了红线女艺术中心，专门搜集、整理、展示"红派"艺术资料，研究"红派"艺术，96 部为目前他们已经搜集到的电影数量，实际主演电影的数量应该更多。

另外，广东省的电影票房近20年来一直雄居全国首位，是中国电影行业最重要的消费市场之一。然而根据史料，广东作为重要电影消费市场的历史远超我们当下的想象。根据《广州市志》引民国二十五年（1936）出版的《广州年鉴·卷八·文化》记载："广州之有电影戏，亦在清末光宣间。其最先开业者，为大新街石室教堂内之丕崇书院。以其课余兼营此业，惟并无画院之名。其正式名画院者，以惠爱八约城隍庙内之镜花台为首；西关十八甫之民智画院、广府署前之通灵台、十六甫璇源桥脚之民乐院次之。"[1] 可以说，以今天圣心石室大教堂为核心的教会放映，构成了较为典型的中国早期传教士主导的电影放映行为，而"是年（1908年），由一华裔美商，在清风桥畔率先开办通灵台影院（现广大路路口附近）"[2]。同年，位于北京路口的南关戏院落成，也兼营电影。程季华先生在《中国电影发展史》记载中国首家影院是西班牙商人雷玛斯1908年在上海创建的虹口大戏院[3]，那么毫无疑问，当时广州的影院建设与上海应该是同步的。不仅广州作为传统"一口通商"的发达城市建设在如此早的年代便建设影院，而作为相对欠发达城市的汕头，则也在1911年开张了高升影院[4]，我们虽然没有任何史料可证明，但是我们不难想象少年蔡楚生在这座影院前流连的画面。

同时，我们还要补充说明的是，广州当时也存有大量的租界，因而在日寇入侵广州沦陷的时候，广州在理论上应该也存有一些"孤岛"创作。

---

[1] 广州市地方志编纂委员会：《广州市志·卷十六》，广州出版社，1999，第329页。

[2] 广州市电影公司：《广州电影志》，广州市电影公司内部资料，1993，第8页。

[3] 程季华：《中国电影发展史》，中国电影出版社，1998，第10页。

[4] 陈汉初：《弘扬百载商埠影业传统　打造国际影视新城》，《汕头社科》2012年第1期。

换言之,"孤岛电影"不应该只存在于上海,但是由于之前相关史料搜集等方面的不足,这一部分的研究成为当前我们比较大的缺憾。

四、"降维打击"的创作红利

第二座高峰则是 1978 年改革开放之后,由于广东特殊的地理位置,造就了一些独有的题材类型。比如《海外赤子》(1979 年)这类表现华人华侨题材的电影,其他地区的电影创作者就很难涉及;比如《雅马哈鱼档》(1984 年)在全国其他地区尚在为"投机倒把"和"姓资姓社"困惑的时候,这类表现个体经营者生活的电影也只有在改革开放的前沿阵地出现;比如《南中国 1994》(1995 年)这类的"商战"题材电影也只有真正具备市场经济条件的地区才可能诞生;再比如《花季雨季》(1996 年)这类表现特区青少年生活题材的电影也只有在特区里才能创作出来。

同样,在电视剧领域《公关小姐》(1989 年)是在内地绝大多数城市还不知五星级酒店为何物的情况下,以花园酒店公关部为原型创作的;《外来妹》(1990 年)则在全国范围内还在为户籍所羁绊的情况下,率先表现了人口迁移的问题;《情满珠江》(1994 年)表现的乡镇企业便是典型的改革开放初期,东南沿海中小企业的创业画卷;《英雄无悔》(1996 年)则表现了特区背景下公安干警在市场经济背景下前所未有的考验,其中已经下海经商多年的高天突然出任公安局长,这样的人事任命哪怕在今天也极为罕见;《和平年代》(1996 年)则表现了驻扎在改革开放前沿地区的部队的建设状况,并将笔墨着重在了军地关系上。

于是,当我们在回顾南方影视的两座高峰时,不难发现,这两座高峰的形成，都是因为广东特殊的地理位置的前沿性，使之可以率先接触到内地尚未遇见的新鲜事物，从而进行尝试性的突破。无论是第一次高峰的电影创业，还是第二次高峰的表现创业的电影，相对于内地都是一种"降维打击"，这些我们今天奉为经典的影视作品，在当时便是内地观众认知现代化的窗口。因此，若我们从这个角度来应周星老师提出的关于问题，则可以认为今天广东电影创作跟当年的辉煌相比，有巨大落差的根本原因便是这种基于经济基础先发优势的"降维打击红利"消失了，而广东和内地在经济与文化认知层面的鸿沟也在今天被弥合了。

结　语

最后我们试图构想一下作为方法的"南方电影"，这首先应该是一种风貌，但是这种风貌在今天必须基于对粤语保有和对普通话传播之间矛盾的协调；其次是一种气派，但是这种气派是我们在20世纪八九十年代所熟悉的，却是当前广东电影相对缺失的；再次则是一种关注，正如前面几位老师所言，目前广东影视产业的体量与消费市场相比极不匹配。香港电影金像奖评委会的副主席文隽先生曾与笔者哀叹，"我们同文同种，说着一样话，一样的饮食习惯，为什么香港电影人都跑到北京和长三角去拍电影，为什么不能在这拍电影？"毫无疑问，香港电影人这是用脚投票，因为广东影视产业的生态不健全。在今天"粤港澳大湾区"的伟大战略规划政策东风的鼓舞下，我们是否可以认真地思考韩国电影的崛起对我们的借鉴作用，而这便是构成"南方电影"最后一点——产业与实践的"南方电影"。

从岭南到大湾区：重教崇文的古今气象

谢柏梁
中国文艺评论家协会会员
上海交通大学、中国戏曲学院二级教授
中国戏剧文学学会副会长
国际剧评协会中国分会监事长

秦汉以来，广义的岭南在越城岭、都庞岭、萌渚岭、骑田岭、大庾岭五岭之南，包括两广、港澳和海南，在历史上还曾囊括越南北部。明代以来，岭南多指以广州士林为代表的学派、画派、乐派和文教领域的南国气象。现代以来，基于水网体系的的珠江流域，与基于山脉走向的岭南地区山水相映，也是常用的文化地理概念。

自 2019 年 2 月 18 日起，含义略显宽泛的岭南或者珠江流域都市群，随着国家《粤港澳大湾区发展规划纲要》的颁布，粤港澳大湾区（Guangdong-Hong Kong-Macao Greater Bay Area）包含了广州、深圳、珠海、佛山、惠州、东莞、中山、江门、肇庆等珠三角 9 市，加上香港和澳门两个特别行政区一共 11 市。从此，粤港澳大湾区与纽约、旧金山和东京三大著名的经济文化湾区遥相呼应，成为中国、亚洲和世界上对外开放程度最高、经济活力最强的区域之一。

全世界任何经济发达的湾区，不仅是交通便利的海港湾区，还与重教崇文的历史传统和文化气象息息相关。梳理大湾区从唐代到如今长达千年崇文重教的文化传统，可以看到这一地区从南蛮缺舌之地变而为海滨邹鲁之区，从文明的涓涓细流到文化的小河大川，最终学海交汇，文风激荡，云蒸霞蔚，气象宏大。

一、古代书院与岭南学派

岭南书院文化的根基，源于本地人与客家人的融汇，贬谪官员的文化传播。本地人迫切需要学习中原文化，客家人部分带来并亟须传承中原文化，贬谪官员在无奈之下有效提升了两者的文化品格。三方面的合力，形成了中原传统文化在岭南传承与发展的历史趋势。

岭南濒临大海，面向世界，地理优越，但却气候炎热，文化闭塞。所以宋之问于神龙元年（705）春被贬为泷州（今广东罗定县）参军，以《度大庾岭》《渡汉江》等一系列好诗丽句抒发落寞，感慨流离，"魂随南翥鸟，泪尽北枝花"的北望，"岭外音书断，经冬复历春。近乡情更怯，不敢问来人"的敏感，都令人泪目。百年之后，韩愈于元和十四年（819），又因谏迎佛骨一事被贬潮州，写下了"一封朝奏九重天，夕贬潮州路八千"的千古绝唱，这都从客观上提升了当地的文化品格。

至迟从唐代开始，岭南商帮便成为中华商帮背靠大陆、走向全球的重要群体之一。商帮当然以赚钱谋生为目的，但却以认祖归宗、传承文脉为旨归，类似潮州府这样的地方，都以"海滨邹鲁""岭海名邦"作为中原文化的南方故里。所以北宋诗人陈尧佐在《送王生及第归潮阳》中得意地歌咏道:"休嗟城邑住天荒,已得仙枝耀故乡。从此方舆载人物,海边邹鲁是潮阳。"

作为海边邹鲁和南国重镇,兴学为第一要务。于是在唐玄宗开元年间(713—741)官方设立"丽正殿书院"之后,以"(唐)元和间,士人李宽结庐读书其上"的私立石鼓书院为例,民间设立的书院越来越多,蔚为风气。

从韩愈到苏轼,都曾在南粤点化、传播甚至设立过相应的学堂,后者还培养过一位举人和一位进士。

南宋嘉定年间(1208—1224)在广州设立的禺山书院名气较大,示范效应极强。岭南地区气候温润,物产丰富,商贾走天下,经济较发达,读书蔚为风气,科考蔚为天路,兴办书院的传统便越来越发扬光大。南宋时期珠江流域的书院由此勃兴,总数占全国书院的21%。

但是经历了宋元之际的大动乱之后,元代珠江流域的书院数量经历了近乎"冰河时代"的冷冻式锐减。据章柳泉《中国书院史话》[1]所归纳,元代黄河流域的书院占27%,长江流域占65%,珠江流域只占6%。

明代岭南地区的书院有若春暖花开一般迅速勃兴,嘉靖(1522—1566)、万历(1573—1619)年间,全国书院的分布是,长江流域51%,珠江流域30%,黄河流域19%;如果按省份排列,江西、浙江依然保持优势,位居第一、第二,但广东地区已经跃居第三位。

到了清代,珠江流域的书院迅速增长到531所,居然超越了长江流域书院数量最多的江西,从"珠老三"迅速扶摇直上,成为全国书院拥有量

---

[1] 章柳泉:《中国书院史话》,教育科学出版社,1981。

最大的龙头老大区域。[1]

清代康熙（1662—1722）、雍正（1723—1735）两朝74年，广东新创办书院101所。至乾隆年间（1736—1795），珠江流域的书院已居全国之首。

这样的文教胜景，光照岭南；岭南学派的文教气象，领先全国。风云激荡，谁曰不然？

二、近代新学与岭南星座

时代飞速发展，理论需要创新，学院包孕中西，教育需要转型。近代中国的文教事业，同样又以国学为基础，新学为旗帜，在岭南地区发端而蔚为风气，于南蛮之地光大而影响中华。

新学，一是指按照西方教育体制结合中国实际所兴办的新式学校，二是指面向世界，负笈西洋、源远流长且方兴未艾的留学潮流。

基督教在华开办的第一所学校是澳门马礼逊学校，这所建于道光十九年（1839）的学校成为基督教在华兴办教育的开端之作，开光之举。

马礼逊学校的首期学生只有黄宽、黄胜、李刚、周文、唐廷枢、容闳6人。咸丰四年（1854），容闳在耶鲁大学获文学士学位，这是中国第一位获得美国学位的留学生。黄宽于次年获爱丁堡大学学士学位，1857年获博士学位，成为中国第一位在英国大学获得医科博士学位、后来回国执业的留学生。

---

[1] 邓洪波：《中国书院史》，东方出版中心，2004，第409—410页。

在容闳为国家做出的诸多贡献中，他最大的功绩是从1868年开始，推动清政府选派幼童赴美留学。所以其母校耶鲁大学于1876年授予容闳法学博士学位，并将9月22日作为容闳及中国留美幼童纪念日[1]。

19世纪便能"睁开眼睛看世界，迈起大步向全球"的岭南思想家、启蒙者和先行者，人数之多，"接龙"之紧，代有其人，令人惊叹。19世纪20年代生人容闳（1828—1912），19世纪40年代生人郑观应（1842—1921），19世纪50年代生人康有为（1858—1927），19世纪60年代生人孙中山（1866—1925），19世纪70年代生人梁启超（1873—1929），阵容可观，影响巨大。岭南文教之盛，锦绣词章之快，革命呼声之疾，"恢复中华"之功，改变了中国的文脉、教统和国运。

正是在广东文教风气之盛，中西文化融通之广、忧国忧民变法图存的风云激荡下，这才有了孙中山作为中华民国缔造者、中国革命先行者的改天换地之大作为。

当然，孙中山的高瞻远瞩与伟大之处，不仅在于建国方略的构想与实施，也在于人才的作育养成，"教育为神圣事业，人才为立国大本"。1924年，他在国共两党首度携手合作的背景下，兴办了一文一武两大名校——国立广东大学和黄埔军校。他给广东大学题写的博学、审问、慎思、明辨、笃行（语出《礼记·中庸》）十字箴言，厚重雅洁，成为该校（后尊先生之名为中山大学）的校训。

历代学堂称南海，满天星斗焕文章。正是因为岭南的文教风气之盛，中西交融面貌之新，这才养成了那么多得风气之先的文人俊彦，涌现那么

---

[1] 刘中国、黄晓东：《容闳传》，珠海出版社，2013；陈汉才：《容闳评传》，广东高等教育出版社，2008。

多胸怀世界、强种救国的栋梁之材。

岭南文化甲天下，中国革命自广东，近代新学中灿烂辉煌的岭南星座，照彻了整个大中华的夜空，从而使得近代中国有了比肩世界翻天覆地的变化，推翻帝制改朝换代的壮举，道夫先路引领诸侯的创新。

到了20世纪之后，广东作为扬风涌浪的革命溯源地功在不舍，但新一波革命的重镇与人才群落，渐次北移到湖南，那又是一番云蒸霞蔚的新气象。

三、湾区大学群与国学大师序列

一直以来，北京、上海、西安、武汉、南京和广州等地被称为中国高校重镇，以教育部和各省教育厅公布的数据来看，这些地方都是高校集萃区。

广州的本科院校一共38所，专科院校46所。该市不仅有中山大学和华南理工大学等强校，而且以高校总量上84所的规模，比肩京汉，领先华南。广州当然一直是全国高校比较集中的大都市，但是职业类别的专科学院如此之多，也超出了一般人的认知，这也反映出广东与大湾区人务实敬业、讲究实用、重视动手能力、聚焦毕业分配和职业设计的鲜明特色。

华北地区，以首都北京引领全国的教育大潮流，这很正常。但是该地区的其他城市也或多或少出现"灯下暗"的情况，这也可以理解。

以长三角著称的京沪杭，当然可以称之为教育先行风气的省份，可是这三个都市从地理位置上偏远一点，沪宁之间的高速公路距离为310公里，沪杭之间的距离为163公里。作为直辖市和苏浙的省会，沪宁杭彼此之间属于平行的关系，就连方言、饮食与文化习俗上，三地都有较大的距离。

香港一共有22所高校，且不说香港是中外艺术交汇的大码头，也不论港大、中大和科技大学等八大名校蜚声中外，国际上的排名和招生的魅力，在许多方面都不弱于清华、北大和交大、复旦；就连一个成立时间不到40年的香港演艺学院，居然也被排名为亚洲第一艺术高校和国际上排名第10的艺术学院。

澳门一共有10所高校，其中澳门大学、澳门理工大学、澳门科技大学、澳门城市大学、澳门旅游学院、澳门镜湖护理学院和圣若瑟大学可向内地招生。

深圳一共有8所本科院校，包括深圳大学、南方科技大学、深圳技术大学、香港中文大学（深圳）、深圳北理莫斯科大学、中山大学深圳校区、哈尔滨工业大学（深圳）、深圳音乐学院，还有正在筹办中的深圳师范大学。

从广州到香港的直线距离是116公里，到澳门是136公里。大湾区的通用语言是粤语和英语，粤菜是享誉天下的美食，文化风俗比较一致，生活追求悟真求实、经济活跃程度中国领先，得世界潮流风云在前。广深港澳的高校，就有125所，这也成为中国乃至全球最为密集的高校荟萃地。香港的大学，包括香港中文大学、香港科技大学在内，都先后在广深办学，这就继承和发展了该地区继明清以来文化互补、教育优先的传统。

以上的高校统计，还没有把北大、清华和交大等高校在大湾区开设的研究院包括在内，也没有把北师大珠海校区囊括进来。若将境内高校、港澳高校分校与研究院全部统计在内，大湾区的高校综述已经远远排在中国各地之前，甚至远远超越了拥有诸多名校，也包括上海纽约大学、苏州西交利物浦大学、昆山杜克大学、宁波诺丁汉大学等中外合办大学在内的长三角地区。

当然,大湾区光有排名第一的高校总数还不够,还得要有一流的大师加持名校,这才能够称之为中国高校的"首善之区"。这里且不论2009年获得诺贝尔物理学奖的高锟等理工医农科的诸多大师,只就国学大师而论,此地就涌现陈寅恪(1890—1969)、钱穆(1895—1990)、容庚(1894—1983)、商承祚(1902—1991)、王起(1906—1996)、饶宗颐(1917—2018)等多位文化星座。

四、国学泰斗饶宗颐先生

在岭南与大湾区城市群里,在中国和海外,影响最大的国学泰斗级人物,大家都公认为饶宗颐先生。饶宗颐先生作为学术人,在注重实际、热心生计、商业优先乃至声色犬马的香港大都会与岭南地区,居然成为令人敬重的文化聚焦点,老人家不是明星但在传播学意义上绝对远超明星,这就充分体现出岭南文化崇文重教的历史渊源、价值取向以及由此而生的最大层面上的广泛公共认同现象。

早慧与长寿,这是饶先生成就大名的原因之一。他拥有长达85年之久的学术与创作史,这比一般人的全部生命历程都长。中国人历来赞赏早慧者如王戎与曹禺;敬重年高德劭者,这本身就是一种美德。

前辈学者总是在告诫我们,人生太有限,术业有专攻,即便专攻一门学问,也很难登堂入室,得其精微之处。但是饶宗颐先生却完全相反,作为学者,他于学无所不窥,在甲骨学、楚辞学、敦煌学、宗教学、音律学、潮学,包括中古梵文和巴比伦古象形文字等冷门绝学在内,他都有着精深的研究和独到的发明。个人专著60种，在国际学术期刊上发表论文400多篇，可以号称是举世难觅的学术大成就。

在学问之外，饶先生的书画艺术坚持"学艺双携"，并将董其昌的"诗书画合一"这个观点扩展为"学艺互益"。学术与创作的互补互益，这就扩展了"诗、书、画三位一体"的观点。他认为不仅仅是诗、画两样东西互相呼应，所有的学问都可以同艺术方面互相呼应。例如他画金色的荷花，就是与佛经相呼应，共心源而同振。[1]

作为著名学者和艺术家，在故乡桑梓和一众大学中拥有诸多学术馆和研究院的学者，实在不为多见。

在潮州家乡，为表彰"当今集学术和艺术于一身的一代英才"[2]，建起了饶宗颐学术馆。该馆融庭园景观和人文景观为一体，与笔架山麓的韩文公祠隔江相望，古今辉映。1996年8月，在潮州市举行的"饶宗颐学术研讨会"上，来自美、法、日、荷兰、新加坡及港、澳、台的近百名学者出席会议，并正式确立了"饶学"的学术定位，这是在当代文人教授当中极为罕见的殊荣。

2005年，香港大学专门开办饶宗颐学术馆。2013年，香港浸会大学创立香港饶宗颐国学院。第三家设立饶氏研究院的大学是深圳大学2016年12月成立的饶宗颐文化研究院。

从以广府为中心地区的岭南到粤港澳大湾区，古往今来崇文重教的风气之盛，至晚在明清两代蔚为大观，领先全国。清末民初以至于今，该地区办学属性的多样化，中西融汇的领先性，派出留学生的时间之早与规模

---

[1] 邓伟雄：《笔底造化——饶宗颐绘画概述》，《中国书画》2022年第2期。

[2] 《国学大师饶宗颐》，《世界知识画报（艺术视界）》2012年第8期。

之大，都在全国范围内名列前茅。新时期以来，岭南地区诸多高校的权威性，越来越多地为中国与世界所认同。2014年新时代以来，大湾区高校办学之多、规模之大、品类之盛，中西办学教育体制之互融，也同样具备领跑全国、惊艳全球的地位。作为中国高校位列前茅的第一方阵，大湾区高校目前还处于方兴未艾、蓬勃发展的大潮之中。而且大湾区办校，一直重视大师的引领，始终葆有尊师重道的良好风气；重视教育，崇拜大师，"天地国亲师位"的传统，在大湾区根深蒂固，因此一代又一代大师成序列涌现，蔚为潮流，鱼龙飞舞，升华为一颗颗岭南的文化星座。这样的文教盛况，在中国教育史上和人类教育史上，都堪称是惊天动地的壮举、银河灿烂的景观。

区域·文化·想象：大湾区传统舞蹈的文化传承与共享
——以"岭南舞蹈"为例

仝 妍

中国文艺评论家协会理事
华南师范大学教授

21世纪以来，"非遗后时代"的到来，在文化多样性与区域地理文化的语境中描绘着多姿多彩的地域舞蹈景观，使得中国舞蹈既有"中心化"的国家面相，又有"区域—中心"的地域面相。因此，在"区域—中心"的格局现状与全局视野中，关注区域性传统舞蹈的发展是当代中国舞蹈发展史的重要内容，亦是对如何传承发展中华优秀传统文化，建构多样性与同一性辩证统一的中华民族文化共同体这一时代命题的回应。

近年来，"岭南舞蹈"令人瞩目：以《骑楼晚风》《沙湾往事》《醒·狮》《浩然铁军》《风雨红棉》等为代表的岭南地区题材的舞剧作品，成为建构"岭南舞蹈"语境中的文化想象的重要内容；由"黎族舞蹈之母"陈翘倡导的，连续举办十五年、七届的"岭南舞蹈大赛"是目前唯一以文化区域为名的大型舞蹈赛事品牌。

透过这些丰富的艺术实践，可以让我们在"区域—中心"的全局视野中认识当代中国舞蹈构建"各美其美，美美与共"的主体意识与价值追求的艺术实践与学理思考。

2019年2月，中共中央、国务院印发《粤港澳大湾区发展规划纲要》指出要发挥粤港澳地域相近、文脉相亲的优势，建设人文湾区，协同开展文化遗产保护。非遗保护和粤港澳大湾区建设都是国家战略，在共建人文湾区的系统工程中，大湾区非物质文化遗产是最重要的中坚载体，建设粤港澳大湾区，传承和弘扬大湾区非遗的认同价值和协同精神，从非遗文化整体空间布局角度能更好地理顺大湾区非遗文化脉络，进一步做好保护与传承工作。

从20世纪末的不甚明晰，到21世纪初以文化自觉为驱动下的概念探讨，渐已彰显舞蹈界学者们基于文化自觉而引发的主体意识与学术自觉，对于"我是谁""我从哪里来""我到哪里去"的哲学追问进行思考与回答，特别是对于"中国民族民间舞蹈"而言，由于历史绵亘、地域辽阔、民族众多，以及社会主义文化的客观属性，其概念的内涵既丰富又复杂。因此，只有明确"国家面相"与"地域面相"之间"区域—中心"之"定位"，才能坚守本土文化之"站位"，维护中华文化凝聚力之"地位"。近十年来，对于区域舞蹈的关注以及关于区域舞蹈的研究成果也逐渐增多，突破了以往主要以少数民族地区为划分的"区域"之界，而指向交叉综合的文化地理学意义上的"区域"之界，区域文化、民族风格的差异性与丰富性，正体现出"中国民族民间舞蹈"的当代性：以多样性、多层性和创造性支撑中华民族文化的同一性。

首先，"岭南舞蹈"与"大湾区舞蹈"是有差异的。前者主要是以文化区域为限定的区域舞蹈概念，后者则主要是以行政区划为限定的区域舞蹈概念。"岭南舞蹈"的概念是由"黎族舞蹈之母"陈翘先生在2005年首届岭南舞蹈大赛中提出的这一命题。可以说,"岭南舞蹈"概念的生成和发展是舞蹈艺术家们有意识性的艺术创作及自觉性的文化追求。"大湾区舞蹈"是"人文湾区"内涵的非物质性载体,是人文湾区的重要内容,旨在从共时性维度构建岭南地区舞蹈新生态:依托岭南传统舞蹈文化和大湾区对中西文化交流的区位优势,一方面与经济社会相结合,促进时代的新发展,同时更好地融合传统精神和时代精神的内容,为文化认同树立新标杆、开辟新境界。

其次,"岭南舞蹈"与"大湾区舞蹈"是有联系的。从当前粤港澳大湾区非遗项目分布的研究可以看到,传统舞蹈类集中分布在广佛中和莞深港地域的交界处,呈连续性扩散分布,其他在肇庆北部、东部也有零星分布。由此,"岭南舞蹈"在粤港澳大湾区的文化语境中,具有经由民俗认同建构的国家认同的特殊叙事意义。

再次,"岭南舞蹈"与"大湾区舞蹈"是相辅相成的。在新时代的文化建设中,作为中华优秀传统文化的重要组成部分,岭南文化在粤港澳大湾区建设中的作用不可或缺;粤港澳大湾区的文化建设,则需要传承、弘扬岭南文化,促进文化深度交流、融合,以全方位创新共建人文湾区。在这一大文化背景下,"岭南舞蹈"与"大湾区舞蹈"是传统与现代、族群与区域的历时性与共时性融合。

若从国家文化战略发展的全局视角,我们不难看到,在"区域—中心"的文化格局中,一方面区域舞蹈的主体性是凝结区域文化核心的重要动力;另一方面区域舞蹈的主体性与区域舞蹈之间的主体间性,是构成中华文化多样性与中华民族文化认同的重要前提,也是构建"各美其美,美美与共"的主题意识和价值追求的关键。在这一视野中,区域舞蹈在以语言工具的细化与分化的转换中,实现着文化价值历史性、民族性、现实性的三维整合。

《理惑论》：解码岭南文化精神的钥匙

陈桥生
中国文艺评论家协会会员
广东省文艺评论家协会副主席
羊城晚报社文化副刊部主任

近两千年前，避世岭南的牟子于其《理惑论》中，即以无异于当头棒喝之论断，为岭南文化的精神特质，作出了明确宣示："合义者从，愈病者良"，没有固执拘泥，择其善者而从，一切以实用有效为原则。其通俗的说法，就是不管黑猫白猫，抓住老鼠就是好猫，这也正是我国改革开放之能"杀出一条血路"的文化密码所在。

岭南文化以兼容多元、交融圆通、简易务实为特质，其形成与其地五方杂处、交通频仍相关，亦与其沉淀千年文明发展相关。而岭南文化之创新出彩，亦不能不以此为原点，因此而生发，于文化传统的沃土中开出更为绚丽的时代之花。守正方能创新，梳理岭南文化传统之"正"，亦是今日创新出彩之必然。

岭南之地，观之以陆地视角，以京城为中心，即属偏居之地。

然若观之以海洋视角,则是海运航线的起点,成为中国与世界的连接交汇点,成为最前沿的地带。这也正如梁启超在《世界史上广东之位置》一文中所表达的观点:"广东一地,在中国史上可谓无丝毫之价值者也,自百年以前未尝出一非常之人物,可以为一国之轻重……故就国史上观察广东,则鸡肋而已。虽然,还观世界史方面,考各民族竞争交通之大势,则全地球最重要之地点仅十数,而广东与居一焉,斯亦奇也。"认为僻居岭南的广东,之所以在世界史上显得重要起来,即因为其交通、海运,以及由此带来的对外开放。

任公所论,可谓切中肯綮。岭南文化之特色优势,自古以来即与其地处于东西海程之中心,受中原正统思想束缚较少,更趋自由开放息息相关。譬如广东的考古,如果你要比地下资源,在中国史上是不占优势的。但如果论水下考古,其地位就是世界级的,一艘"南海Ⅰ号",成为中国水下考古的原点。广东的荣辱兴衰,总不离交通、海运,以及对外开放。所有的历史过往都证明着这一点,未来也必将遵循同样的逻辑。

当我们将目光推向一百多年前的广东近代大崛起时期,我们看到:

在清同治十一年(1872),被誉为"中国留学生之父"的香山人容闳,条陈清政府选派幼童留洋以求引进西学,革新社会,并亲自主持实施"幼童赴美留学计划"。其中不少人回国后成为各行各业的人才,著名的京张铁路的设计师詹天佑就是他们中的杰出代表,留学生的成就证明了容闳的独具慧眼。

在20世纪30年代,国民革命军第十九路军的军需处长,与一个名叫郑可的广东新会的年轻人达成计划,资助他法国留学,条件是学成归来后要为广东的建设服务,同样接受资助的还有冼星海和马思聪,他们都到法国留学。然而,他们后来的贡献和影响力却远远超出了十九路军的目标,郑可成为中国工业设计的引路人，冼星海和马思聪更是成为中国现代音乐的代名词。

当我们将目光推向更远的尽头，在将近两千年前的汉末三国之际，在广信（今天广东封开及广西梧州一带），已经涌现岭南的第一个学术高潮。它的到来，即因于历史的风云际会，因于岭南之地的五方杂处、交通频仍。

汉末三国，中原大地群雄逐鹿，而岭南交州在士氏家族尤其是士燮的长期统治下，疆场无事，境内安然。中原的士大夫和贤能智士纷纷南下避乱。据《三国志·士燮传》载，"羁旅之徒，皆蒙其庆"，"中国士人往依避难者以百数"，逐渐形成了一个以士燮为核心的文人群体。三教九流，交流切磋，著书立说，造就了岭南文化史上的第一个黄金时代。故史书评价士燮"震服百蛮，尉佗不足逾也"。

赵佗"和辑百越"，促进了汉越民族的融合，使南越得到了更好的发展。但当时的统治，主要还是偏重于武力，汉与百越间还处于刚刚接触、寻求和平共处的初期。而士氏家族，数兄弟共同掌控着南部大半个交州，作为太守，其掌控要更加实在，其力度与深度都要超越此前，有武功，更有文治。从这个意义上说，"尉佗不足逾也"，是对士燮名副其实的评价。

佛学家牟子，也是在中原多故的汉末，将母避世交趾投奔士燮而来。交州即为东西海程之中心，故能吸收异教殊俗，且被中华教化未久，思想比较自由开放，在这样的背景下，才可能产生《理惑论》这样的著作。正是在其《理惑论》中，牟子以无异于当头棒喝之论断，早在近两千年前，即为岭南文化的精神特质，作出了明确宣示。

牟子《理惑论》最初收在刘宋朝陆澄著《法论》中。《法论》在早年已失传，现在所能见到的全文，最早为南朝梁僧祐编《弘明集》所收载，为《弘明集》首篇。

《理惑论》正文共 37 章。全文均采用自设客主进行问答的形式展开论说，所假设的问者是个来自北方的儒者，向佛教提出种种疑问和责难，而设置的答者是牟子，牟子引经据典，逐一加以解释或辩驳。

这样的论说形式，既可以视作本土儒道文化与外来佛教文化的一次对话，也可以视作岭南文化与中原文化的一次对话操练。大量的北方流徙者集于交州，与本土居民、学者的思想文化的冲突在所难免，甚至说，中原文化的优越感，中原文化对岭南文化的怀疑与责难，是必然存在的。所以，牟子的一一辩驳，就不仅是为佛教文化的自辩，也正可视之为岭南文化的自证，是对当时思想文化界的混乱状态的厘清与校正。如其中一章：

问曰：佛道至尊至大，尧舜周孔，曷不修之乎？七经之中，不见其辞，子既耽《诗》《书》，悦礼乐，奚为复好佛道喜异术？岂能踰经传美圣业哉？窃为吾子不取也。

牟子曰：书不必孔丘之言，药不必扁鹊之方，合义者从，愈病者良。君子博取众善，以辅其身。子贡云："夫子何常师之有乎？"尧事尹寿，舜事务成，且学吕望，丘学老聃，亦俱不见于七经也。四师虽圣，比之于佛，犹白鹿之与麒麟，燕鸟之与凤凰也。尧舜周孔且犹与之，况佛身相好变化，神力无方，焉能舍而不学乎？五经事义，或有所阙，佛不见记，何足怪疑哉！[1]

中原文化定儒学于一尊，视尧舜周孔为正经，佛道为异术。牟子却

---

[1] 梁僧祐编撰：《弘明集》，上海古籍出版社，1991，第 2 页。

说，"书不必孔丘之言，药不必扁鹊之方"，不必以孔丘之言、扁鹊之方为唯一遵从。于其时不啻于石破天惊！

"合义者从，愈病者良"，即博取众善以辅其身，没有固执拘泥，择其善者而从，一切以实用有效为原则。通俗的说法，不就是不管黑猫白猫，抓住老鼠就是好猫吗？这不正是我国改革开放之能"杀出一条血路"的文化密码吗？就此而言，近两千年前的《理惑论》，可谓解码岭南文化精神的一把钥匙，也是解码改革开放精神的一把钥匙。

在很长的历史时期里，岭南都是作为常见的贬谪地之一。这些被贬者，朝夕之间便从政治权力的中心被贬黜到荒蛮的岭南，心境必然是凄苦幽怨的。然而，事实上，不少的贬谪者，当他们确定无疑地踏上了南下谪徙之路时，也往往能直面现实，较好地完成人生角色的转换。虽然也有痛苦挣扎，但一旦到了贬谪之地，也能很快融入当地社会，关心民众，了解下情，交结名士，创办书院，兴利除弊，等等。以他们不朽的事功和著述，照亮了自己人生中这段黯淡的岁月，也造福于一方黎民百姓。今天，当我们回望历史，便惊奇地发现，对于很多谪徙士人们来说，那段曾经让他们感到莫大耻辱，被他们视为人生之大不幸的旅程，竟然成为其一生中最光辉耀眼的段落。

这些贬谪者之所以能够逆袭人生，一方面固然有赖于文人们自我的调适安顿，另一方面亦有赖于岭南的善意、接纳与包容。

在晋代嵇含所著《南方草木状》中，有则关于"吉利草"的记载，就为我们提供了一个具体生动的案例：

> 吉利草，其茎如金钗股，形类石斛，根类芍药。交、广俚俗多蓄蛊毒，惟此草解之极验。吴黄武（222—229）中，江夏李

侯以罪徙合浦。初入境，遇毒，其奴吉利者偶得是草，与侯服，遂解。吉利即遁去，不知所之。侯因此济人，不知其数，遂以"吉利"为名。岂李侯者徙非其罪，或侯自有隐德，神明启吉利者救之耶？[1]

岭南在人们心中一直作为毒瘴之地，这则故事，从某个侧面可以反映出人们认识自然、改造自然的尝试与努力。正是因为环境的恶劣，人们必须想方设法去战胜它，而每一次的成功，都必然经历着无穷的磨难，每一分发现，都是无数人用血泪乃至性命所换得。

以罪徙岭南的李侯，以自身的苦难成就了功德，"因此济人，不知其数"，给当地百姓带来了莫大的福音。李侯、吉利不是孤例，而是像他们一类的人。于他们，这虽然是一种不得已的流徙，但因此带给岭南的，却可能是功德无量，是济人无数。其功德起初可能只是体现于一花一草、一泉一石的细微之间，而后则体现于教授、理政等宏大叙事上。也因此，岭南对于这些"李侯者""吉利者"，是深具同情，心存感恩的。这则记载中评论曰，李侯或"徙非其罪"，或"自有隐德"，从而感动神明，得其启助。他们的冤情，他们的德才，足可以感动上苍，这是岭南人民对这些"以罪徙"者的真实态度。别人看到的是他们身上的"罪"，岭南百姓看到的却是他们身上的才德，并因而获益无数。岭南的善意、包容，正是从这一点一滴中积累而成的，是与他们内心的感恩之情紧密联结在一起的。

武则天长安三年（703）九月，张易之与其弟昌宗构陷宰相魏元忠，凤阁舍人张说坐忤旨受牵连，配流钦州。途经韶州时，正居家读书的张九

---

[1] 刘恂等：《历代岭南笔记八种》，鲁迅、杨伟群点校，广东人民出版社，2011，第14页。

龄，得以文章面呈，张说览其文而厚遇之，并与通谱系。由此，两人结下了一生亲密的关系。

然而，时隔不到两年，神龙元年（705）初，"二张"被诛，中宗复位，复国号为唐。此前因得罪"二张"而遭贬的张说，乃奉诏北还。附会"二张"的宋之问、沈佺期等，则一一流贬岭南。天翻地覆，乾坤大挪移，天平一下倒了过来。他们走在同一条路上，得意者往北，失意者往南，只是彼此的心境已天壤云泥。

送走了张说，又迎来了沈佺期。张九龄此前因赴京试，与沈佺期有门生之谊。如今座主有难，流经韶州，张九龄理应投刺拜见，执弟子礼以待。如此戏剧的场面，在历史上的岭南曾反复上演。岭南并不直接参与朝廷的纷争权斗，却总是一无怨言地接纳着这些争斗中的落败者、流离者。无论他是被冤枉的好人，或是罪大恶极的酷吏；曾是位高权重的王公贵胄，或只是位卑言轻的一介书生；也无论他是从此仕宦无望终老此乡，或还将东山再起，前度刘郎又来。岭南都以她的山川风物接纳包容着他们疲惫的身心，抚慰着一颗颗从云端跌落的受伤的魂灵。他们中的多数人，在岭南的开放包容中，完成了蜕变与升华，重新焕发出生命的激情，并以其深切的感恩之心反哺回报岭南，与岭南大地的命运休戚与共。他们凭借自身的优良素养与满腹才华，千年来不断提升岭南的文明进程，终将蛮荒之地滋养为南国沃土。

无论是在古代，还是在当下，开放包容作为岭南的人文精神一直生生不息，代代相传。"合义者从，愈病者良"，不问出身，只求实效，成就了改革开放初期孔雀东南飞的独特现象，无数的追梦人，都能够在这里充分地施展才干，也得到足够的回报，从而对岭南，对广东由衷生发出"直把他乡作故乡"的归属感。正是这种包容、实用的千年传承，赋予人们接纳新鲜事物、敢于探索未知领域的勇气，所谓敢为天下先，勇于"吃螃蟹"是也。这是岭南文化的精髓，是在千年的历史积淀中日积月累而成，更是滋养着岭南文化创新前进的源源不断的动力。

重塑：文化自信与群众文艺

何蕴琪

人间剧场文化传播（广州）有限公司创始人、艺术总监

一、身份与文化：历史认知、文化自信与身份弥合

香港、澳门和纳入粤港澳大湾区的珠江三角洲城市，有着各自复杂的历史和文化形成背景，既有互相重合互相融合的部分，也有非常具有自身印记的部分。在建立大湾区作为一个文化整体的过程中，在建立对历史的重新梳理、重新讲述和认知，从而获得文化自信与弥合身份认同的过程中，文化艺术具有不可替代的意义和作用。

二、改革开放四十年：文艺演进逻辑及其启示

习近平总书记《在文艺工作座谈会上的讲话》中指出："每到重大历史关头，文化都能感国运之变化、立时代之潮头、发时代

之先声，为亿万人民、为伟大祖国鼓与呼。"[1]

在《在中国文联十大、中国作协九大开幕式上的讲话》中，他又指出："历史和现实都表明，一个抛弃了或者背叛了自己历史文化的民族，不仅不可能发展起来，而且很可能上演一幕幕历史悲剧。"[2]

最高领导人在两个场合的言说，内在逻辑是贯通的：文艺是时代前进的号角，文艺演进的背后是文化自信。

要整体描述改革开放40年以来中国的文化路径却非易事，这是因为，尽管从梳理当代中国历史的角度来说，改革开放标志着一个重要的转折点，但如何认识这40年中的不同阶段，以及整体性的文化脉络，还是一件进行中的工作。

在40年这个时间坐标中，中国的政治、经济、科技乃至国际环境的变化，都成为无法绕开的路标，可以帮助我们识别重要的方向和趋势。而在整个中国的文化身份演进历史过程中，粤港澳地区具有独特性与同一性的部分，成为今天文艺建设的重要启示。

（一）改革的呼求

1978年5月11日，《光明日报》发表"本报特约评论员"文章《实践是检验真理的唯一标准》，展开了关于真理检验标准的大讨论；同年9月22日，上海市工人文化宫上演话剧《于无声处》，11月在北京首演，并最终引起全国轰动。这两个在传播和文艺领域发生的事件在当代文化研究

---

[1] 中共中央宣传部：《习近平总书记在文艺工作座谈会上的重要讲话学习读本》，学习出版社，2015，第5页。

[2] 习近平：《在中国文联十大、中国作协九大开幕式上的讲话》（2016年11月30日），《人民日报》2016年12月1日，第2版。

中具有特殊位置，它们的出现，成为当时以及40年以来中国文化转型的重要标记。然而，很少有人从隐喻的角度去理解这两个符号之间的关联意义。

《光明日报》无疑代表了官方的声音。与此相对的，《于无声处》却是来自民间的声音，这部话剧的执笔者是上海热处理厂的工人宗福先，由上海工人文化宫业余话剧队排演，剧本表达了普通人对于解放思想、解除禁锢的强烈愿望。

从文化研究的角度，官媒的文章和民间文艺作品一样，都是在当时历史环境下，来自中国社会内部的声音。它是整个民族在经历了十年动荡、方向未明的时刻下发出的呼求，执政者顺应当时民心所向的产物，本身也反映了党和国家寻求改变的需要。

邓小平提出"实践真理观"，是当时中共破题的关键一笔。理论联系实际，既有理论高度的突破，同时从实际出发，并依靠群众，它也反映在执政党的文化实践。这种官方与民间在文化表达上的高度统一，并非每个时期的主流。文化是一个社会内部各种机制的相互作用和这些作用所形成的合力轨迹；在文化的构成上，主流文化、民间文化的表达，都仅仅是整个社会文化的一个构成部分，在接下来的历史梳理上，我们会尝试分析其他的因素和部分以及它们的相互作用。

（二）20世纪80年代：繁荣与渴望

文化发展有自身的历史逻辑。从五四运动到"文化大革命"，作为中国社会最重要弥合剂的传统文化的承续遭到破坏。文化的逻辑并非隐而未现，相反地，它在或长或短的时间内，会直接带来正面的成果，或负面的后果。

20世纪80年代的主流文化现象，无论体现为直接的控诉，如伤痕文学，或体现为追求新的方向，如朦胧诗运动、新潮艺术，或体现出虚无，如先锋文学，等等，都是弥合这种撕裂、发展新的精神力量的需要。

"伤痕文学"在20世纪70年代末到80年代初兴起，是民间对"文化大革命"所带来巨大冲击的直接反弹。伤痕文学在文学艺术上的成就低于其在文学史和社会学、历史学上的价值，它对于中国社会整体文化构成的贡献，是引发了20世纪80年代大规模的文艺思想讨论，呼吁人的尊严、价值、权利的回归。

朦胧诗运动同样诞生成长于这个时期，它是现代中国继五四新文学运动以后，第二次对现代汉语的集中探索。语言是思想的载体，一个国家和民族在文化上的成就，与这个时期的语言建设有直接关系。而诗歌是语言建设的心脏，是文学里面最先锋的力量。朦胧诗运动影响之大，以至于当时举国上下都是诗人，这种全国性的诗歌运动，为百年中国历史所罕见。

朦胧诗的先锋性在于它是一个探索精神世界的"朦胧"意识和表达、探索集体以外个人存在的文学运动。它已经超越了文学现象本身，对20世纪80年代文化的影响是非常巨大的。它以叛逆的方式继承了新中国成立以来在革命叙事中包含的理想主义，如同硬币的两面，成为整整一代人思想的底色。它也成为文艺运动突破传统的一个先锋，随之而来的是"85新潮"。

到20世纪80年代中期，对"文化大革命"的人道主义反思渐渐结束，国门的开放令西方思想和艺术再次被广泛引入。在思想界，80年代的成就也被视作斐然的，这个时期最有影响力的代表之一是李泽厚。李泽厚认为，80年代的文化热实际上是以文化代替政治，大家以前所未有的热情来谈论文化，其实谈论的是改革开放的问题。而因此，在极为广泛的社会性的文化参与中，包含的主题其实是对公共空间的渴望。

在先锋艺术中也蕴含着风险，形式的探索以及对西方现代和后现代主义的不加批判仿效，与仍未深度清理的"伤痕"情结糅合在一起，在20世纪80年代社会整体的理想主义氛围中隐藏着虚无主义和颓废主义的因子，给未来的文化建设带来难以言喻的阻碍。

在香港、澳门、广东珠三角地区，比较强烈的同时也是足以与"北方"主流文化相抗衡的意识形态，是来自香港电影和流行文化的影响。

（三）20世纪90年代：流沙与自由

20世纪80年代的喧嚣终于暂时沉寂。经过前一个十年的积累，改革开放卓有成效，社会财富和人们的生活水平得到大幅提高。无论在城市还是农村，生产力被有效释放。

在文化方面，有学者这样形容印象中的20世纪90年代：有一天睁开眼睛，我仿佛听见窗外流沙的声音。那是商业主义的潮涌。在禁忌中肆无忌惮生长的是所谓"一切向钱看"的价值观，与之同时，被压抑的表达开始在之前隐藏的虚无主义因子中发酵。

这个时期最重要的文化潮流是商业主义文化，粗制滥造和缺乏真正文化沉淀、艺术修养的产品大行其道。在出版界，学术散文和闲适小品开始流行，和前一个十年的开放和尖锐相比，20世纪90年代的社会文化显得不痛不痒，人们寻求肤浅的慰藉。随着城市商业文明的兴起，反映城市市民生活的港台流行音乐、影视作品，以及后来的日剧、韩剧开始流行，这个时期的社会文化是松散的，是突破禁锢之后的自由，却也无所适从。

这个时期最值得关注的文化行动，是在全国各高校和年轻人中流行的西方艺术，从DV运动、独立电影，到现代和后现代主义小说、摇滚音乐和地下音乐。也是在这个时期,所谓的"小资"群体或者文艺青年群体开始形成,他们将在下一个十年成为社会中坚力量,形成城市中产阶层,并对整个社会的文化动力和文化消费构成深刻影响。

然而最有意思的是,这个时期在文艺青年中流行的价值观,却是反中产阶层消费观的。比如20世纪90年代在大学前卫青年中流行的美国电影《猜火车》,就极尽嘲笑中产之能事。这是因为,20世纪90年代受西方文化的影响,特别是欧美20世纪六七十年代的嬉皮文化,是在两次世界大战以及东西方冷战之后的产物,那时欧美年轻人普遍对未来失去信心,质疑一切既定价值。

不过,与此同时,西方文化的最新一股潮流也随着开放的脚步来到,比如以英雄主义和国家主义叙事为基调的好莱坞大片,以及高举真善美、弘扬家庭价值观的美日韩肥皂剧。这些商品逐步成为城市文化的主流构成,并持续地影响民间文化。

(四)城市文化的新力量

世纪之交最重要的事件之一是中国加入WTO,经济全球化进程加速,经济迎来十年起飞;之二是互联网的兴起,令世界变得扁平,在孕育着前所未有的商业机会的同时,也是众多亚文化兴起的根源。

中国经济在十年间贸易量增加5倍,成为世界最大出口国和继美国之后的第二大进口国。经济的发展,令民间财富不断增加,消费主义文化甚嚣尘上。在这个期间,有几个值得注意的文化现象。

其一是城市中产的兴起和扩大。城市中产在城市文明的构成中起到重要作用。由前所述,这一时期的中产阶层,其主要文化基因是欧美的嬉皮文化,道德相对主义和历史虚无主义是其重要底色。他们不再对宏大叙事感兴趣，内心有理想主义痕迹，却也不像 20 世纪 80 年代的中坚一样充满叛逆，他们最关心的是自己的小日子，前提是经济环境理想，政治氛围也相对宽松。在这个时期孕育着一个重要的困境，就是缺乏坚实的弥合阶层内部共识的价值观。都市报在全国兴起，成为整合价值观的一个场域。公共空间开始在都市报产生，小范围的学术或公共生活讨论在进行。与此同时，国学在民间兴起了。

国学的兴起是整个中华文化的需要，于丹、易中天等学者的普及性讲座因而受到欢迎。商业主义的盛行，道德滑坡造成的个人、家庭、社群层面的冲突和危机，都呼唤能在市场经济环境中促进诚信和契约精神、促进社群联结的价值观。而国学和以养生保健为要旨的中医文化成为人们的首要关注，替代了兴盛于 20 世纪 80 年代、式微于 90 年代的气功亚文化。

互联网的广泛普及，促成了新的文化阵营。BBS、电子邮件、博客，这些互联网工具的更新迭代，不仅仅改变着人们的工作方式，更深刻地影响他们的生活方式。"分享"成为一个热词，因为互联网就是一个强调分享的地方。门户网站渐渐成为人们获取信息最重要途径的同时，文化文艺类网站如豆瓣等兴起，为城市文化从商业主义到新的可能性发展提供机会。"小清新"一词的流行，描述了城市文化中新的力量，它具有艺术、自然、人文等因子，80 后年轻人是其主体。这个群体的青少年时期在互联网环境中形成，他们天然地更为开放，历史的负担更轻，他们的崛起，成为当代重要的文化构成因子，使 20 世纪 80 年代以来沉重的理想主义叙事得到舒缓。

（五）走向文化自信

2011 年，中国城镇人口占比首次超过农村，学者将之称为数千年未有之巨变。"大城市病"和乡村凋敝同时出现。中国经济进一步发展，

2010 年 GDP 总量超过日本，成为第二大经济体。在移动支付等高科技领域异军突起，使中国逐渐在局部有领军的能力。民族自信随着经济起飞而增长。人们对公平正义的美好生活的需求也日益凸显。

城市文化中，中国出品的原创影视作品逐渐取代进口产品成为主流，这为塑造新型城市文明提供了契机。同时，也为讲好"中国故事"、传递中国价值观到世界打下基础。Web2.0 时代，进入移动互联，交互性、去中心化的社群关系随着微博、微信的普及蔓延开来，这为新的城市商业文明、社会关系创造了机会。优秀传统文化被正式写入党的文件。

具体来说，英雄主义和国家叙事进入主旋律电影，其中的佳作都表达出新的有别于往的艺术视角，不再是生硬的说教。部分作品在票房和口碑上表现不俗，如《湄公河行动》《战狼》系列，对于提升民族自信有重要作用。

电视剧方面，《北平无战事》《琅琊榜》《灵与肉》让人印象深刻，反映中国的电视剧制作水平开始比肩美日韩，复杂的人物关系和历史面貌被塑造，是当下语境复杂性的反映。可以说，"中国梦"和"中国故事"的文化传播战略卓有成效地开拓了中华人民共和国成立以来主旋律新的表达路径。

三、重塑群众文艺：形式及意义

习近平总书记在党的十九大报告中指出："没有高度的文化自信，没有文化的繁荣兴盛,就没有中华民族伟大复兴。"[1] 将文化自信和文化繁荣,提升到民族复兴的层面,是深刻的和尊重现实的。我们可以期待一个新的文化繁荣和文化复兴的到来,这和艺术创作的自由度、对艺术家的尊重有很大关系。与此同时,群众文化的兴起,也将对弥合粤港澳大湾区身份认同、重塑整合的历史认知和价值观有重大意义。

在这个基础上,可以对比 1949 年以后对群众文艺的建造,和今天新涌现的群众文艺现象,并看到,重塑的群众文艺,去掉了意识形态功能化之下的集体性和缺乏生命力的部分,越来越具有恢复社会肌体自主性、自愈力的功能,对建立整合的大湾区身份认同和历史认知,具有不可取代的意义。

---

[1] 习近平:《决胜全面建成小康社会 夺取新时代中国特色社会主义伟大胜利——在中国共产党第十九次全国代表大会上的报告(2017 年 10 月 18 日)》,人民出版社,2017,第 41 页。

粤剧正青春
——粤剧传承与创新的实践与感悟

曾小敏
广东粤剧院院长
广东省戏剧家协会主席

"中华戏曲是高台教化，是民间之诗，是市镇乡野的狂欢节，是黎民百姓的百科全书，是众声喧哗、活色生香的世俗传统，是底层人民最主要的文化食粮，它曾经如终年不息的长风吹拂，参与塑造了我们这个民族最普遍的摇曳多姿的生命心象。今天随着技术进步和文化传播方式的变迁，广播、电视、电影和互联网等文化业态的兴起，戏曲成为传统艺术，需要传承保护，也需要赋予时代内涵和新的表达形式，但这一切都要建立在深入研究的基础上，要符合艺术规律和内在的发展规律。"[1]

我特别认同上面对戏曲功能、内涵以及社会价值的描述。中国优秀传统文化就这样一路伴随着我们走到现在，不断地生长，无

---

[1] 韩子勇：《水有源 树有根——〈前海戏曲研究丛书〉第二辑·序》，《炎黄春秋》2020年第6期。

限地延展，生机勃勃，枝繁叶茂。粤剧作为世界非物质文化遗产，作为中国优秀戏曲大家庭当中的一部分，自然要承担不可替代的责任和义务，在新时代的背景下要继续传承经典，又要不断探索新的表达方式。

粤剧出岭南。粤剧是海外世界华人的共同戏曲语言和文化之根。在海外，有华人处就有粤剧，而在国内，受粤语方言等因素影响，粤剧想要大放异彩，妇孺皆知，人人传唱，其实面临很大的挑战，有非常长的路要走。只有不断地大胆创新，才能形成新的文化气候，培养新的欣赏习惯，而最立体最直观的体验就是让更多的观众走进剧场，面对面近距离地欣赏粤剧之美，体验粤韵芬芳。正是基于这样的目的和创想，近年来我在剧目打造中非常注重加入了时代的思考和时尚的审美，《白蛇传·情》《谯国夫人》《红头巾》等粤剧成功"吸粉"，《此生最爱是梨园》《抗疫有我哋》等粤歌拥有逾千万的点击率，这几年打造的"周末睇大戏""名家演出周"的观众不断年轻化，粤剧从边缘又逐步回归大众的视线中。2021年启动了"我是曾小敏——粤剧艺术全国巡演"，以粤剧作为内容和载体，围绕新传统文化城市世界观的构建与链接做大胆的尝试。让更多的观众从唱腔、表演到服装设计、舞美呈现多个维度各个层面走近粤剧，亲近中华优秀传统文化。这场巡演从大湾区走出去，先后在郑州、西安、武汉、上海、乌鲁木齐等全国十几个城市落地，通过与当地的城市文化链接，与现场的观众互动，以多种媒体形式，传播粤剧的魅力，充分展现粤剧守正创新、开放进取的时代风貌。在"我是曾小敏——'剧·说'交响音乐会"上，民乐与交响乐交相辉映，我们与全国多个知名交响乐团合作，经典名曲《荔枝颂》《花好月圆》、粤歌《生命花开》《每一个春天》等曲目轮番登场，尽心尽力地为观众带来一场别开生面的艺术盛宴。

广东作为改革开放先行地，向来以兼收并蓄、海纳百川的胸怀著称。

粤剧的包容性极强，以"拿来主义"精神见长，同时又深受岭南本土文化的浸润。巡演节目的设置中，现代舞美、交响乐等当代审美元素的加入，既展现了粤剧的传统程式之美，又焕发出朝气蓬勃的青春风采。在充分挖掘岭南风俗、人文特色的基础上，坚持敢于锐意创新，释放更强的包容性与开拓精神，将"敢为天下先"的岭南文化精神内核结合时代精神进一步完善。粤剧作为岭南文化的代表，昂首阔步，稳扎稳打地走出去，离不开高度的文化自信和文化自觉，离不开与时俱进、革故鼎新、奋发有为的气魄。让岭南优秀传统文化"活"在当下，"活"出个性，"活"得精彩，才能拥有源源不断地"走出去"的底气和动力。

我作为非物质文化遗产的传承人，在这么多年的探索与实践过程中也遇到很多的困难，当然也有很多的感慨，有一点我印象深刻：

在崇尚物质生活至上的时代谈非物质的主题本身就意味着挑战，遗产意味着世代的价值，但从年轻人的视角来看，基于常识的理解所谓遗产可以继承也可以不继承。如何合理地表达让他们珍惜并且当成财产去接纳，这是一个使命。同时，传统文化复兴不只是对过去辉煌的回望，更是与时俱进的进化和成长，恰到好处的创新和不失传统基因的表达是重点和难点。

我们必须要把粤剧带到校园去，广东粤剧需要拥抱年轻人，善用新媒体；要适度国际化，融合新艺术；艺术作品要植根在孩子们和年轻人的成长旅途中，让他们眼中有惊艳、心中有触动，回忆中有美好与经典。

习近平总书记说，社会主义是干出来的，新时代是奋斗出来的。[1] 我和我的同伴们努力践行传统文化教育及发展推广，把粤剧艺术社会化考级

---

[1] 习近平：《在全国劳动模范和先进工作者表彰大会上的讲话》（2020年12月24日），《人民日报》2020年11月25日，第1版。

不断完善，逐步落地推广。在推进粤剧艺术进校园的同时，倡导并推动星海音乐学院、暨南大学华文学院开设粤剧选修课和必修课，成为全国大学首创的课程。2018 年广东粤剧院成为广东戏曲（粤剧）进校园基地，我们组建了讲师团，每年举办近 200 场粤剧讲演活动，为粤港澳大湾区数十万名大中小学及幼儿园学生开展粤剧普及，让传统艺术种子在稚嫩的心灵中生根发芽，茁壮成长。

粤剧的破圈是难点也是当务之急，这是共识也是传统戏曲行业内多年的梦想和遗憾，粤剧电影《白蛇传·情》在这方面做了尝试和努力。

我们决定把《白蛇传·情》以全新的表现形式搬上银幕，是因为这个故事能赋予的空间和想象力很大，电影的手法可以超越舞台表达，把想象力发挥到极致。对传统经典剧目的创新和突破，是优秀传统文化挖掘和传播的重中之重。

中国传统美学的西方视觉表达，这既是结合，也是共鸣、共情。我们用西方的特效技术呈现的是我们中国的东方美学。西方美学追求光影、立体和层次，东方美学追求的是平面感、构图、色彩以及气韵。把美的理解融入同一个高度，美的表达自然可以做到无缝连接，游刃有余。

《白蛇传·情》的每一帧画面都很唯美，每一次定格都有内容，这是创作之初的设想和要求。国潮的基因就是中国传统文化的活化，粤剧里面的服装、道具，甚至每一个符号化的内容，都应该有走近潮流文化圈层的能力和潜力。

电影和舞台互为补充，却又不可彼此替代。电影表现可以更生活化，技术应用更多元，传播范围更广泛。传统粤剧要创新，电影本身也一直在创新。粤剧与电影彼此成就，互为内容，这才能双向赋能。这部电影不负众望，超出预期完成了既定目标。

成功破圈的艺术作品，不仅对于大范围提升文艺品牌的认知度和口碑具有不可替代的意义，对于探索文艺创作发展方向，形成文化人才聚集效应，乃至打造一座城市的文化形象都影响深远。造就全新艺术生态，需要对文艺发展的前瞻性洞见，需要花大力气重拳出击，持之以恒地对优秀人才进行扶持和培养，更离不开艺术家们自身的矢志追求和强烈抱负。这或许是铸就新时代广东传统文化艺术新高峰的一次重要尝试。

"志之所趋，无远弗届；穷山距海，不能限也。"（《格言联璧》）让岭南优秀传统文化走向全国，是每一位广东文艺工作者义不容辞的责任，也正是我的使命。如何让更多优秀的文艺作品和年轻艺术人才通过艺术历练和破圈成长，走向更广阔的舞台，获得更广泛的认同，是摆在广东文艺界面前的一道重大命题。希望广东粤剧院能为岭南优秀传统文化"走出去"提供一个范本，在未来能有更多的年轻艺术家勇担使命，凭借胆识、自信、智慧和艺术造诣，将岭南优秀传统文化带到全国乃至世界的每个角落，让岭南人文之美四海传扬，恒久绽放，这是我们共同的期待。

大湾区传统文化的发展观

赖 莎

中国文艺评论家协会理事、新文艺群体委员会委员
平成（上海）文化旅游有限公司总经理

2020年12月24日，文化和旅游部、粤港澳大湾区建设领导小组办公室、广东省人民政府联合印发《粤港澳大湾区文化和旅游发展规划》提及"到2025年，人文湾区与休闲湾区建设初见成效"。在"共建人文湾区"方面，提及"大力塑造湾区人文精神，加强文化遗产保护利用"。并提出"加强粤港澳大湾区文化研究，推进中华优秀传统文化创造性转化、创新性发展。……建设和统筹用好粤港澳大湾区历史文化街区、名镇名村、名人故居、会馆商号等展示空间及非遗传承体验设施"具体要求。

何谓大湾区传统文化？茅盾文学奖得主刘斯奋认为，广东传统文化是在当地百越族的原住民文化，叠加中原驻军及移民带来的移民文化以及海上丝绸之路传播而来的海外文化的三个源"杂交"而成。用一句话概括"即不拘一格的务实精神，不定一尊的包容精神，不守一隅的进取精神"，这应该就是广东传统文化的灵魂。

现在离 2025 年仅余两年，大湾区的文化振兴工作进展如何？让我们站在文旅产业的角度，回溯当下大湾区传统文化重塑方面的文旅实案，看是否落实"推进中华优秀传统文化创造性转化、创新性发展"的指导思想。

一、重塑文化企业代表

拿下德国红点年度最佳设计奖的"文和友"，以还原 20 世纪 80 年代市井生活社区为目标，主打地方美食文化怀旧情怀。集结餐饮、创意市集、展览、民宿等多种形态，看似破旧拥挤，却开创出都市丛林中时光倒流的魔幻场景空间。德国红点评审团予以的获奖理由："游客可以在文和友体会到一种更为真实的、愉悦的气氛，并与过去的时光产生情感上的联结。"

为何重塑广东美食文化的文和友会遭遇本地店家的摒弃、食客的"浅尝即止"、成为游客"打卡热地"？

对热爱忙碌的广东人来说，市井美食文化代表就是"大排档"。坐在路边，乘着凉风，不必在乎环境、不必在乎美酒佳肴，就着夜色和三两好友喝啤酒"吹水"，这便是最好的下班补给。大排档是他们留给紧张生活的一丝喘气空间，他们的需求与"文和友"所包装的 20 世纪 90 年代那个全民挣钱时代的怀旧生活主题不完全匹配。这点可以在知乎上看到广州人对"文和友"的点赞虽高，却不认可。

深圳市智慧零售协会执行副会长黄君表示："深圳作为一座更新迅速的城市，市井、夜市文化在某个时间段内成为消费文化的主流，但又随着时代不断升级而迅速消失。所以在一定程度上，深圳文和友并未真正触及深圳本土的精神内核，所以难以让消费者产生共鸣。"

"东门的太阳百货、华强北的电子市场,还有街边的大排档才是我记忆中的深圳,深圳文和友给我的感觉更像是香港。"从小在深圳长大的陈威坦言,深圳文和友难以带给他"时光倒流"的感觉。

可见,传统文化的重塑不是简单的"穿衣戴帽"。文和友具备浓厚的长沙"极致娱乐"文化特色,宵夜文化、夜间娱乐、性价比高是文和友的"根",但却没办法迁徙到地域文化基因同样浓厚的深圳和广州。当文和友来到大湾区,虽然同样以"80/90年代时光的壳"包装本地美食文化,但却缺乏对本地文化内核进一步挖掘,流于形式的重塑极快转化为审美疲劳,使得湾区的文和友沦为"有打卡没消费低重购"的网红景点。

二、传承文化城区代表

2020年,习近平总书记来到潮州古城考察时强调,"潮州文化具有鲜明的地域特色,是岭南文化的重要组成部分,是中华文化的重要支脉。以潮绣、潮瓷、潮雕、潮塑、潮剧和工夫茶、潮州菜等为代表的潮州非物质文化遗产,是中华文化的瑰宝。要加强非物质文化遗产保护和传承,积极培养传承人,让非物质文化遗产绽放出更加迷人的光彩。"[1]

作为距今已有1600多年历史的潮州历史文化的旧城区,潮州古城的老居民仍生活、工作在此。这千年不灭的人间烟火,独树一帜的潮州文化,深刻地印在全球的潮州人心中。因此,潮州古城是潮州文化的殿堂,

---

[1]《习近平在广东考察时强调 以更大魄力在更高起点上推进改革开放 在全面建设社会主义现代化国家新征程中走在全国前列 创造新的辉煌》,《人民日报》2020年10月16日,第1版。

对传统潮州文化保护性建设起着示范作用。在古城走一遍，你可以看到他们在修"古"、秀"古"、品"古"方面的成绩，从历史文化街区、名镇名村、名人故居、会馆商号等，到非遗传承体验，潮州古城方方面面都以"古"体验，让旅人感受最纯粹的潮州文化。

在这里，每个铺面门口必定摆着潮州工夫茶具，水不停煮着，茶一直续着。来到店铺，先不问你要什么，只是热情地招呼"入来呷嗲"（潮汕方言，意思是进来喝茶），通过一声"入来呷嗲"，居民们认识来自五湖四海的游人，更是让外来的游人解除满满的戒备心。

近年来，潮州非物质文化遗产不断呈现新态势，街头巷尾，文物建筑、历史街区成为潮州文化的空间载体，到广济桥看潮州文化，也渐渐成为游客消费时尚和了解古城的方式。从2011年开始，每逢节假日，潮州广济桥文物管理所都会在广济桥上举办"一里长桥一里市"非遗集市活动。一批民间博物馆、艺术馆等先后进驻古城。

在潮州，通过让游客品尝传统美食，感知潮州古城温度和历史文化。不少住在新城的人也搬回老城，开起了主打潮州文化特色的小店。如今，137家民宿客栈、2家创意园、30家茶馆茶舍、35家非遗特色展馆等坐落在古城街头巷尾，丰富游客的文旅体验。

潮州古城与与其他古镇最不同之处在于文化有根，这里保留了最古朴的生活文化，通过古老习俗的延续，向世人展示潮州传统的新发展。

潮州古城，一座能够走进乡愁的老城，它保留了最古朴的潮州生活，原住民以他们的本质生活让潮州文化从一杯茶、一碟菜、一条街的牌坊、一座桥、一个木雕、一座古城、一句潮剧唱词、一句潮州话将潮州文化保真传承，结合旅游的形式将其传播出去，影响更多的年轻人。

三、弃文从商水乡代表

古劳水乡位于广东省江门鹤山市古劳镇,在很多农村逐步被城市侵蚀消失的今天,这里依旧保留着弥足珍贵的桑基鱼塘自然生态与围墩水乡风貌,堪称大湾区的最后一块原生水乡。

我们追溯历史发现,古劳水乡是岭南水乡中,唯一拥有千年文脉的大湾区文化宝藏。古劳水乡深藏岭南文脉发展的时间线,从"唐朝窑,宋古劳,明围墩,清石桥,民咏春,珠江潮",岭南文脉的进取心、包容心、自在心,无不一一烙在如镜水面上。

从古劳水乡的文化碎片中,我们可以看到岭南文化"风气之先、真实不虚、海纳百川"三个特色的深刻呈现。岭南文化最缺的历史丰富性,在这个水乡就能集结,从唐代的陶瓷文化到改革开放40年,这里都能找到一一对应的文化现象及符号体系,这是多么珍贵的岭南文化宝藏。在战略层面上,应合国家在"共建人文湾区"提及"大力塑造湾区人文精神,加强文化遗产保护利用"要求。从市场层面来看,这条古劳水乡历史积淀线索,实际上是帮助古劳水乡成为岭南水乡名片,与华东水乡抗衡的唯一资源,更是能彰显岭南水乡独特个性的好资产。

而目前的开发,却走向与全国水乡千篇一律的调性,花船观荷,村头歌会、特型建筑、网红商街等,这些流行的文化碎片,构不成古劳水乡的文化核心,更无法呈现岭南文脉。如此,不开发可能才是对古劳水乡最好的保护。

将一个满地都是文化遗产的水乡,开发为一个普通的乡村乐旅游项目,这个背后的逻辑是地产的快速回报,操盘行为充分体现了文旅成为地产勾地的工具，地产成为文旅平衡现金流的运营手法。被"包养"的文旅一定是彻底丧失了文化发展的独立角色与精神追求，古劳水乡也不例外。

"在历史长河中，中华民族形成了伟大民族精神和优秀传统文化，这是中华民族生生不息、长盛不衰的文化基因，也是实现中华民族伟大复兴的精神力量，要结合新的实际发扬光大。"[1] 这是2020年9月28日，习近平在中央政治局就我国考古最新发现及其意义为题举行第二十三次集体学习时强调。

人们根据什么选择一生的伴侣？怎样践行一种生活道路？甚至根据什么观念去教育孩子？多数时候并非理性思考的结果，而是爱它看上去的样子。这恰恰是人类进化至今形成的底层逻辑。这就是传统文化重塑需要做的东西，要让大家看到文化的模样。

而以上三个近期的文旅产业案例，可以看到大湾区当下的传统文化建设现实一面，仅投机文化，将一个传统文化底蕴深厚的地方变成一个纯粹追求金钱流水的地方，这个地方将不能产生思想增值，此地的人们将无法获得精神加持。只有坚持"传统文脉是根脉，时代表达是形式"的发展观，粤港澳大湾区才能走出传统文化流失的落后现实。

湾区建设，文化先行。传统文化的时代表达，这是当下每一个文化人的使命，更是大湾区人民最需要的力量。

---

[1]《习近平在中央政治局第二十三次集体学习时强调 建设中国特色中国风格中国气派的考古学 更好认识源远流长博大精深的中华文明》，《人民日报》2020年9月30日，第1版。

用数字媒体讲好大湾区故事

冯应谦

香港中文大学亚太研究所所长、新闻与传播学院教授
北京师范大学艺术与传媒学院特聘教授

随着我国综合国力的不断增强与国际地位的稳步提升，党的十八大以来习近平总书记反复强调的"讲好中国故事"成为我国增强民族自信心、加强国际传播力的重要任务。本文认为，作为国家发展重点的粤港澳大湾区应当充分利用科技优势与政策扶持，进一步扶持数字平台、鼓励数字创作，号召广大青年群体参与中国好故事的讲述。

党的十八大以来，习近平总书记反复强调要"讲好中国故事"，即依托"讲故事"的形式让人民更好地理解和传承中国传统文化和民族精神，同时也帮助中国文化更好地走向世界，塑造更立体全面的国际形象，增强中国的文化影响力。因此，"中国故事"的受众不仅仅是中国人民，也是世界人民。

对国家品牌的宣传活动通常被认为是对国家的非历史性和排他性呈现。目前，将媒体作为机构、系统和社会故事讲述者来宣

传国家品牌的理论研究依然有限。[1]讲故事是人类社会最常见的信息交流方式，信息技术的迅速发展深刻地影响着故事讲述的形式、产生与接收。社交媒体的"参与式"特征使得通过社交媒体讲故事成为一种行之有效的让受众讲故事模式动态化的手段。[2]实际上，通过社交媒体讲故事能够增进受众之间的亲密度，将其聚拢起来并重新创造一种集体意识。[3]现在我们需要思考的是，如何才能讲好中国故事？尤其是在粤港澳大湾区成为国家发展重点的当下，"十四五"规划纲要指出大湾区是国家未来五年社会发展的蓝图和行动纲领，鼓励青年融入国家发展大局和实现创业就业梦想，分享国家发展成果，粤港澳大湾区肩负着积极引导以广大青年群体为代表的大湾区人民参与讲好中国故事、弘扬民族文化的重任。但是，无论采取何种策略，最重要是要首先考虑如何正面引导青年，让他们听到中国好故事，也让他们亲自参与说故事。

近年来，我国高新技术的发展日新月异，新媒体及其所延伸的文化也显现出越来越新颖的更迭，并且在世界范围内广泛地散播开来。尤为突出的是，智能手机技术与互联网技术的发展与迭代，使得大众媒介正在以各种各样新的形式渗透人们的日常生活之中。如今数字内容、流媒体、社交媒体已经逐渐成为人们日常生活中的一部分，尤其是对年轻群组有着更广泛而深刻的影响力。一直以来，大众媒体都扮演着报道国家发展、讲好国

---

[1] Bolin, G. & Miazhevich, G., "The Soft Power of Commercialised Nationalist Symbols: Using Media Analysis to Understand Nation Branding Campaigns," *European Journal of Cultural Studies* 21, no.5(2018): 527-542.

[2] De Fina, A., "Storytelling and Audience Reactions in Social Media," *Language in Society* 45, no.4(2016):473-498.

[3] Gupta-Carlson, H., "Re-Imagining the Nation: Storytelling and Social Media in the Obama Campaigns," *Political Science & Politics* 49, no.1(2016):71-75.

家故事的角色，其辐射范围包括国内外。长期以来，我国对外宣传任务主要由国内主流传统媒体承担。而在新媒体格局下，信息传播的门槛大幅度降低、信息传播的限制大程度消解，社交媒体从边缘步入中心，逐渐成长为最具活力的舆论场。[1] 可以说，在新兴媒体迅猛发展、新旧媒介加速融合的时代，以互联网技术为依托的社交媒体成为人们获取信息、参与互动和分享观点的主要平台，也成为对外塑造国家形象、传播民族文化的重要渠道。[2]

因此，如果在全国科技发展蓬勃旺盛的大湾区，加强新科技、新内容的传播力度，并与传统媒体的优势结合、不足互补，可以更全面深入地在国内和国际范围宣扬中国好故事。

我认为用数字媒体讲好大湾区故事的策略，主要应该关注软件和硬件的两个方面，尤其应该强调充分发挥年轻人群体的主观能动性。

软件策略：聚焦数字媒体传播的内容

用数字媒体讲好大湾区故事策略的软件是指数字媒体传播的内容。今天，数字媒体传播的内容大多是市民日常生活接触的文化，因此，在中国故事中融入积极有益和正能量的流行文化内容，可以让故事的内容更加生活化和多元化。故事主题除了可以涵盖传统文化、民间神话、历史革命等经典故事题材外，还可以对现当代一些优秀的先锋艺术家、形象健康的明

---

[1] 黄楚新、王珉：《借力新媒体，向世界讲好中国故事》，《中国广播电视学刊》2017年第1期。

[2] 郑承军、唐恩思：《青年镜像：中国形象在海外社交媒体上的传播与塑造》，《中国青年社会科学》2020年第39期。

星、年轻的创业群体等投以更多的目光。大湾区建设有仅次于美国硅谷的高科技产业为主导的结构体系，在国家给予的政策优惠与提出"一带一路"倡议背景下，为许多内地以及港澳青年带来了重要的发展机遇。[1]2010年后，随着媒介技术迅速发展，年轻人成为互联网尤其是移动互联网技术试用和推广的主力军，其文化受到技术创新的影响最为明显。青年文化在社交媒体迅速发展的推动下进一步丰富和开放，并开始通过自下而上、由内而外的媒介叙事向整个社会自身的文化景观。[2]

根据全国第七次人口普查结果，在大湾区珠三角九市中，中山、东莞、深圳的60岁及以上人口占常住人口比例不到10%，尤其是深圳，只有5.36%，也即是说，在大湾区内聚集着更多的年轻人，这使得在通过数字媒体以流行内容在大湾区传递故事分外有青春活力。作为传承优秀中国传统文化和中华民族精神的新时代主力，年轻人群体也许暂时在推动国家经济与社会发展层面能力有限，但是，他们仍然可以从小人物、小社区、小文化中找到更多的优质内容，讲出更立体、更赋能的中国好故事。从年轻人的角度出发，通过学生或年轻创业家等自己的网络发掘围绕他们身边的故事，更容易引发年轻人群体的共鸣，从而扩大"好故事"在年轻人社群的影响力。例如，在哔哩哔哩等社交媒体平台上，一批青年自媒体创作者立足大湾区，采用极具创意的视听结合形式，记录包括大湾区核心城市的高速发展以及年轻人在大湾区的奋斗历程等在内的真实内容，向国内外广大社交媒体用户，尤其是青年用户，展示了大湾区举世瞩目的发展成果与中国人敢于创新的拼搏精神。这类年轻人在社交媒体平台上以图文或短视

---

[1] 陈建硕：《粤港澳大湾区新发展带给青年的新机遇》，《新产经》2018年第6期。

[2] 吴斯：《建国70年来青年文化的媒介叙事研究》，《北京青年研究》2019年第1期。

频等不同形式创造的"中国故事",虽然甚少出现恢宏的画面与精湛的拍摄,但以其真实的画面与真挚的情感,吸引了以年轻人为代表的国内外受众,在对中国故事的悉心创作与点滴讲述中,增强了中华民族的民族凝聚力与民族自信心的同时,向世界呈现了多元、包容、现代与创新的粤港澳大湾区。

硬件策略:重视数字媒体传播的平台

用数字媒体讲好大湾区故事策略的硬件是指国家数字平台,如抖音、哔哩哔哩等都是更快、更有效、更互动的高新科技型传播平台,通过它们,"中国故事"可以以更多样的方式呈现。从 2016 年以来,以短视频为首的新媒介影像正在以全新的方式,改变着人们的日常生活。根据 2021 年 2 月 3 日最新发布的《第 47 次中国互联网络发展状况统计报告》,截至 2020 年 12 月,网络视频(含短视频)用户规模达 9.27 亿,较 2020 年 3 月增长 7633 万,占网民整体的 93.7%。其中短视频用户规模为 8.73 亿,较 2020 年 3 月增长 1 亿,占网民整体的 88.3%。研究表明,诸如抖音此类的讲述视觉故事的社交媒体平台在故事传播中更具有影响力。[1] 作为国内最流行的社交媒体平台,抖音短视频平台对中国网民生活的全面覆盖与深度渗透,能够使通过抖音的创作、再创作和宣传的"中国故事"迅速、高效地传遍大湾区。在抖音,用户通过创作、分享、消费短视频内容分享生

---

[1] Marcelino, G., Semedo, D., Mourão, A., Blasi, S., Mrak, M.& Magalhaes, J.,"A benchmark of visual storytelling in social media"(ICMR 2019 - Proceedings of the 2019 ACM International Conference on Multimedia Retrieval, 2019):324-328.

活、展现创意和构建社群，逐渐在国内外市场收获了广泛的关注度并形成了海量的受众群。例如，抖音上仅"#广州"这一话题标签下就有上百万条短视频内容，总播放次数超百亿，成千上万的抖音用户参与到话题的互动中。由此可见，抖音不但是一个特殊的艺术和媒介现象，还成为大湾区乃至是国家向世界弘扬中国文化和展示中国故事的绝佳平台。

可以想见的是，大湾区的"中国故事"并不应局限于文字文本，也不仅靠传统媒体进行传播。现如今，信息传播的载体不断进化，流行音乐、动态影像，甚至实体的国潮文创产品等都可以是"中国故事"的载体。除了上述提及的数字平台外，VR、AR等技术也可以被运用到"讲故事"的环节中来，为大家提供更沉浸的体验。随着5G时代的到来，5G信息技术、虚拟（增强）现实的可视化技术渗透于VR/AR媒体叙事中，使人们在"故事"中全感化地获得虚拟世界的"超真实"体验。[1] 因此，讲好中国故事，这些新的媒介平台和自媒体，发挥着不可忽视的重要作用。

最后，数字媒体的软件与硬件的结合能促进中国故事的创新，使得未来的中国故事不仅在大湾区内流传，也能通过大湾区这一重要枢纽走向世界舞台。

总括而言，通过数字媒体自下而上地讲故事，基于用户个人经历和易于访问的传统或普通媒体元素，运用数字技术在社区中交流和分享个人故事，有助于进一步弘扬国家价值观。[2] 我们要利用大湾区的科技、创新、资源和内容的优势，进一步加强对数字平台的扶持，加强对自媒体创作的

---

[1] 丁梦瑶、蒋建梅：《5G风口下VR/AR新闻的叙事生态》，《新闻世界》2020年第6期。

[2] Woletz, J. "Digital Storytelling from Artificial Intelligence to YouTube" (Handbook of Research on Computer Mediated Communication, 2, 2008)：587-601.

研究，推动中国的好故事、好生活、好样貌在大湾区以至世界范围内传播。同时，国家落实建设大湾区的政策为无数年轻人创造了宝贵的发展机遇，年轻人也可以回馈社会，通过他们掌握的科技知识和技能，在新媒体时代肩负起"讲好中国故事"的历史重任。

让书法成为粤港澳大湾区文化融合的纽带

吴慧平

广州美术学院美术教育学院院长
美育与艺术教育研究所所长

  2017年7月，广东省人民政府和香港、澳门特别行政区政府签订《深化粤港澳合作 推进大湾区建设框架协议》，这意味着粤港澳大湾区建设的蓝图正在化为脚步坚实的行动。粤港澳大湾区目前总人口超过7000万人，2020年经济总量达11.5万亿元。在民族渊源上，港澳大多数居民均为粤民的后裔，三地血脉相连，文化相依，语言相似，虽有短暂的分离，但民族渊源上的一致性是不容置疑的。粤港澳文化的根源是岭南文化。港澳地区传统文化虽然保留着中国古老的文化传统，但其当代的主流文化已然西化，西方文化与本土文化互相融合，成为与内地迥异的"另一支岭南文化"。粤港澳大湾区的发展基于"一国两制"的制度前提，因此政治制度的差异是非常明显的。中国改革开放后，内地逐步缩小了与港澳的经济差异，甚至反超。这在一定程度上使得香港人的自我优越感不再存在，由此产生了新的误解与价值观冲突。尤其是2019年6月初香港爆发的游行，以及其后发生的暴力事件，影响了粤港澳地区的文化交流与合作。为改变粤港澳文化交流不畅乃至隔阂的现状，突出粤港澳地区文化的同源性，加强三地文化认同感，本文认为中国书法应该发挥粤港澳大湾区文化融合中的纽带作用，在增强三地之间的艺术文化交融中发挥一定的作用。

一、书法的特性与功能是粤港澳大湾区文化统一的重要载体

钱穆曾云："在中国史上，文字和语言的统一性，大有裨于民族和文化之统一，这已是尽人共晓，而仍应该特别注意的一件事。要明白中国文化之所以能扩大在广大的地面上，维持至悠久的时间，中国文字之特性与功能，亦是很重要的一个因素。"人类在劳动中产生了语言，进而产生出了各自富有特色的文字体系。《淮南子·本经训》里说"昔者，仓颉作书，而天雨粟，鬼夜哭"，可见文字的力量。"车同轨""书同文"，秦始皇统一六国后的举措意味着一个大一统王朝的到来，文字的统一也意味着文化的一统。从大的方面而言，正是因为文字的一统，中华文明五千年的延续才不至于断裂。从逻辑学的角度而言，粤港澳大湾区作为中国第一大湾区，包含广东、香港、澳门三个毗邻而又区域特征明显、个性鲜明的11个城市。因为历史遗留问题，三个区域虽然在政治制度、经济发展模式、文化信仰和价值观等方面存在着很大差异，但在历史地理、民族渊源和文

化传统等方面具有很强的相似性，尤其是语言的相似和文字使用的一致性（都是使用汉字，一是简体，一是繁体），让原本在历史地理、民族渊源与文化传承等方面的差异逐渐缩小，使得粤港澳三地的文化最终达到美美与共。中国的文字属于象形文字，不仅具有文化特性，而且具有强烈的视觉美感。中国优秀的传统文化是构成书法深厚的文化内涵的根基。通过书法的学习与交流，可以大大促进三地文化的协同，以及对中国历史文化的了解，弱化三地文化的差异性，凸显三地文化在中国大文化体系中的同源性。例如，"一国两制"下的港澳与内地在意识形态上有很大差异，但儒家思想在港澳和内地都有深厚根基，其"仁、义、礼、智、信、恕、忠、孝、悌"的核心思想，不仅影响了中国内地，在港澳地区也通行无阻。这九个字影响了中国人数千年，已经成为中国人文化基因的重要组成部分。我们在书法教育的过程中应该挖掘能够体现这一理念的案例，如加强对颜体书风在三地书法教学中的比重，广为传播正能量，引发共鸣，有效增强三地相互之间的文化认同。

二、书法教育可以促进三地之间中国传统价值观的认同

价值观是人们通过思维感官而作出的一种认知、理解、判断或抉择，也是人们认定事物、辨定是非的一种思维或取向。在阶级社会中，阶级不同价值观念也不一样。价值观具有稳定性、持久性、历史性与选择性、主观性等特点。它对动机有导向的作用，同时也反映人们的认知和需求状况。它是指某一区域的居民在长期共同的生产生活中形成的一种思想身份认同，是公民对国家主流意识形态的认识，是社会个体基于对自己祖国的

历史、文化、国情等的认识和理解，而逐渐积淀而成的一种价值观念。它是一种政治意识，同时也是一种文化意识，能在很大程度上激发公民的责任心和义务感。价值观的统一有利于国家的昌盛和民族的强大，使之在各国各民族激烈的竞争中立于不败之地。香港本土文化属于岭南文化，是中华文化的一个支流，但由于被殖民被占领，西方文化进入香港人的日常生活，形成了一种典型而根深蒂固的殖民文化。"根据2012年及2014年的调查，普罗市民明显较为认同法治、自由和公正廉洁乃香港核心价值的核心……"有学者认为，这种殖民文化是"后殖民主义文化第二期"，它将本土意识与后殖民文化深度结合，形成了与内地完全不同的文化特征。要确保港澳同胞心灵回归，就必须实行去殖民化的重大工程，而重构粤港澳三地在殖民之前的价值观是重要的切入点之一。如何重构这种价值观，除了一些常用的政治手段之外，艺术的交流和融合也是不可缺少的手段之一。在这种情况下，代表着中国传统文化精髓的中国书法不仅是一门视觉艺术，更是打通三地文化阻隔的利器。书法交流推广的背后也是在推广儒道释价值观传统及由这种生活方式所衍生出来的审美观念。在三地的文化交往过程中，大家对于书法艺术的理解一定是在一个可以交流的统一平台上进行，如果三地之间的书法交流不断加强，加强的不仅是艺术，更是艺术背后所隐藏着的价值观念的趋同，这才是最终促进粤港澳地区文化融合的最终原因。

香港内地经贸协会会长黄炳逢说："我们大湾区有共同的根，历史、语言、文化的同一性是大湾区共同的人文价值链，是最紧密的纽带。"《粤港澳大湾区发展规划纲要》提出，"共建人文湾区""塑造湾区人文精神""共同推动文化繁荣发展""加强粤港澳青少年交流""推动中外文化交流互鉴"等发展方向。粤港澳大湾区建设在"一个国家，两种制度，三个关税区，四个中心城市"的背景下进行，这不同于纽约湾区、旧金山湾区和东京湾区都有一个核心城市，粤港澳大湾区没有核心城市。同时，港澳的政治制度、经济制度和法律制度与广东9市不同，在具体实践中必然会遇到许多理念冲突、体制机制冲突，这就需要强化和谐、包容的理念，寻找"最大公约数"，找到最佳合作点。我们认为书法交流可能就是这样一个最佳合作点之一。

三、书法交流是促进三地"文化认同、人心回归"的有效润滑剂

粤港澳大湾区的文化基础早已有之，既有传统的岭南文化，又有国际大都市的时尚文化，同时还具有语言与习俗相通、文化同源、认同感强的天然属性。从纵向的历史轴来看，这一湾区有农耕文化、海洋文化、侨乡文化；从横向的地缘来看，该湾区拥有岭南文化、客家文化、粤商文化等，民间文化资源的内容包括文化习俗、民间艺术、文脉哲理。文化空间资源包括岭南祠堂、庙宇、厅堂、楼宇等；文化名人资源包括康有为、梁启超、李小龙、叶问、黄飞鸿等；文化艺术资源包括有岭南画派、粤绣、粤菜、粤典、粤艺等。此外，文化节庆资源亦有岭南花卉、观音开库、妈祖、灯会等。如能整合文化资源，将会出现一湾多点、精彩纷呈的局面。

习近平总书记在党的十九大报告中指出，"一国两制"是解决历史遗留的香港、澳门问题的最佳方案，也是香港、澳门回归后保持长期繁荣、

稳定的最佳制度。[1]要把香港、澳门融入国家发展大局,以"粤港澳大湾区"建设、粤港澳合作、泛珠三角区域合作等为重点,全面推进内地同香港、澳门互利合作、制定完善便利香港、澳门居民在内地发展的政策措施。这样三地融合形成的新时代城市群,必将加强粤港澳文化交流,增强民族凝聚力。

要促进三地的文化认同,人心回归,光用说教的手段是行不通的,尤其是在"一国两制"的现行制度框架之下。我们应该采用艺术的手段,用美育的方法来促进三地人民的文化认同,用润物无声的方式来促进人心的真正回归。

---

[1] 习近平:《决胜全面建成小康社会 夺取新时代中国特色社会主义伟大胜利——在中国共产党第十九次全国代表大会上的报告(2017年10月18日)》,人民出版社,2017,第55页。

文化产品多元发展 文艺评论任务艰巨

贾 毅

广东财经大学湾区影视产业学院院长、教授

新兴文化领域和文化产品中，有很多都直接关乎意识形态和青少年的成长。在新的环境和态势下，愈加需要发挥文艺评论引导作用。以评论促进文艺高峰建设，引导促进消费者审美水平的提高、形成健康消费理念，助力讲好湾区故事、中国故事。

一、文艺评论不断面临新业态、新任务

我国文化产业产值不断增长，根据国家统计局数据，2019年全国文化及相关产业增加值为44363亿元，同比增长7.8%（未扣除价格因素），占GDP的比重为4.5%。诸多文娱市场板块呈现出迅猛发展之势，例如：电影票房从2000年的8.6亿元增长到2019年的超642亿元，2020年疫情之下，票房更是超越北美居世界第

一，影院、银幕数量逆势增长。网络视频用户规模今年上半年达到 9.44 亿，较 2020 年 12 月增长 1707 万。三大视频巨头优酷、爱奇艺、腾讯视频会员数都超过 1 亿。传统图书也有不错表现，2013—2019 年零售市场规模翻倍，始终保持两位数以上的增长率。

大湾区文化产业同样迅速发展，潜力巨大。例如广东电影票房过去 19 年领跑全国，占比超过 12%。全国票房收入百强影院中，广东上榜 19 家。三大网络直播平台 YY、虎牙、酷狗繁星占据了全国直播行业的半壁江山，广州游戏产业总营收占全国三成以上，等等。香港的"视听及互动媒体产品"出口额从 2008 年的 3179 亿，增加到 2018 年的 4416 亿。

当下，文化产业发展的一个重要特征是产品快速创新，新业态不断涌现。剧本杀、密室逃脱、盲盒等都是近几年兴起的热门产品，这些新业态产值近年增长快速。一方面，文化新业态、新市场被企业高度重视，激烈竞争。例如快手为了发展"微短剧"，上线了"快手小剧场"，与米读小说合作改编了大量短剧，推出星芒计划，通过"分账"为短剧创作者创收；抖音宣布与真乐道文化、华谊创星、新线索影业、唐人影视等头部影视制作公司及哇唧唧哇、乐华、萌扬等头部经纪公司进行深度合作，还发布了"短剧新番计划 2.0 版本"。两个平台短剧播放量早已以"亿"为单位，简洁方便的优势拉动用户快速增长。另一方面，国家层面非常重视新兴文化产业的发展。2020 年 8 月，广电总局在"重点网络影视剧信息备案系统"增设了"网络微短剧"快速登记备案模块。

"文艺批评是文艺创作的一面镜子、一剂良药，是引导创作、推出精品、提高审美、引领风尚的重要力量。"新兴文化领域和文化产品中，有很多都直接关乎意识形态和青少年的成长。在这样的环境和态势下，愈加需要发挥文艺评论的引导作用。文艺评论工作者要勇于不断接受新挑战和完成新任务。

二、讲好中国故事，湾区故事是动力源泉

习近平总书记多次强调，讲好中国故事，传播好中国声音，展示真实、立体、全面的中国；提高国家文化软实力和中华文化影响力。研究发现，讲好中国故事不仅是我们开展外宣工作的利器，也是文化消费者的需求。

来看电视方面。谷歌大数据显示，2018 年全年的热搜榜单电视剧类别中，讲述乾隆皇帝后宫令妃故事的《延禧攻略》位于榜首，版权甚至还卖给了 90 个国家。这说明，中国故事、中华元素具有全球"圈粉"的吸引力。对国家广电总局公布的年度创新创优电视综艺节目进行分析发现，从 2015 年到 2019 年最显著关键词均为"文化传承"（如图 1）。此类节目入围的数量多、涉及范围广、形式新，如竞技类的《中国诗词大会》《中国地名大会》，创意展演类的《经典咏流传》《典籍里的中国》，等等。而对 2020 年度这一榜单的梳理得出的最核心词则是"中国故事"（如图 2），这说明，从国家层面引导到产业实践层面都在逐渐认可中国故事的重要性。

| 2015 年度 | 2016 年度 | 2017 年度 |

2018 年度　　　　　　　　　　　　2019 年度

图 1　2015—2019 年度国家广电总局公布的广播电视创新创优综艺节目关键词

图 2　国家广电总局公布的 2020 年度广播电视创新创优综艺节目关键词

再看电影方面。我们对 2018 年、2019 年和 2020 年三年票房前 50 部的电影进行研究显示，中国出品的电影分别是 28 部、26 部、28 部，这说明国产电影仅仅占到高票房影片的一半多一点，对市场还没有绝对的统治力。其中讲述中国故事的电影分别为 6 部、8 部、13 部，令人欣喜的是，年度票房最高的电影都是"中国故事电影"，2018 年是《红海行动》的 36.52 亿元，2019 年是《哪吒之魔童降世》的 50.36 亿元，2020 年是《八佰》的 31.11 亿元。这里对"中国故事"的统计口径是，具有故事原型或历史传说。而以此界定观察，我们又发现由迪士尼制作出品的中国故事影片《花木兰》在全球获得了 6680 万美元的票房。这说明阅读中国故事不仅是国内受众的需求，也广受世界受众的欢迎。只是目前由于我们在讲述方式、海外发行等方面的国际化程度还不够高，导致影片的海外传播力欠缺。过去 3 年中国出品影片境外票房最高的是《叶问 4：完结篇》，也仅仅 1105 万美元。2002 年张艺谋《英雄》创造的全球票房 1.77 亿美元（当年约合 14 亿元人民币）纪录至今仍未被打破。

过去三年讲述湾区故事的电影有 5 部，分别是 2019 年的《我和我的祖国》《叶问 4：完结篇》《追龙 II》，2020 年的《拆弹专家》《热血合唱团》，最高海外票房《叶问 4：完结篇》也是湾区故事。这说明，湾区故事是当前非常有市场吸引力的创作题材，但相关电影数量还太少，对大湾区的传播还不足。"粤港澳大湾区"在 2017 年的全国两会上正式被纳入国家顶层设计，2019 年国务院印发《粤港澳大湾区发展规划纲要》，其建设时间非常短，急需文艺工作者通过有效传播赋能粤港澳大湾区，推动"人文湾区"与"经济湾区"并行建设，提升其在世界湾区中的竞争力。

《习近平总书记在文艺工作座谈会上的重要讲话》中指出，在文艺创作方面，存在着有数量缺质量、有"高原"缺"高峰"的现象。[1] 筑就高峰，讲好中国故事、湾区故事，不仅需要文艺创作者贡献才智，也需要文艺评论发挥引导作用，以评论促进文艺高峰建设。文艺评论还肩负着引导消费者的审美水平和消费理念的重任，形成全社会健康向上的文化产品生产氛围和文化产品消费态势。

---

[1] 中共中央宣传部：《习近平总书记在文艺工作座谈会上的重要讲话学习读本》，学习出版社，2015，第 10 页。

融媒体时代呼唤赛博(cyber)批评家

滕　威
华南师范大学文学院教授
微文化研究中心主任

　　融媒体，源自20世纪70年代美国传播学学者的媒介融合构想与理论。像大家熟知的尼葛洛庞帝在1978年就提出过计算机、出版印刷、广播影视等不同的产业未来将走向融合的观点。(蔡雯、王学文，2009)大概在2007年开始有学者将这个概念介绍到中国，之后传播学、新闻学一些学者开始关注并讨论这一问题。2014年8月18日，中央全面深化改革领导小组第四次会议召开，会议强调推动传统媒体和新兴媒体融合发展并审议通过了《关于推动传统媒体和新兴媒体融合发展的指导意见》。媒体融合发展大幕正式拉开。因此2014年被称为"融媒体元年"。我个人认为，媒体融合发展过程中，既要完成硬件融合也要完成软件融合。所谓硬件融合，就是技术进步。众所周知，没有数字技术、网络技术及电子通信技术的支持，媒介融合不可能发生。有了技术的不断进步，各种终端融合与媒介形态或渠道融合才有了坚实基础。传统主流媒体才能在这个基础上进行转型。但作为人文学者，我更要强调的是软件融合。也就是与融媒体硬件相适应的内容融合。新瓶装旧酒，换锅不换药，没能内在提升传播力、引导力、影响力、公信力，就没办法多元高效地完成国家意识形态构建和传播任务，也就不是真正地完成党和国家所要求的媒体融合发展的使命。

但是目前如火如荼的各地、各类、各级融媒体中心建设和矩阵发展，存在着重硬件、形式化的问题。虽然多数主流大媒体都完成了报—网—端—微—屏的矩阵布局，但真正从融媒矩阵进化到融媒强阵的只有为数不多的佼佼者，比如《新京报》（刘军胜，2021）。很多地方的融媒体中心就是开通了"两微一端"，但更新不及时，内容与平台特质和算法不适应，没能真正将不同媒体平台的功能发挥到最大。另一方面，一些新媒体平台虽然技术先进，但受众单一，内容同质化严重，不够优质多元，三观混杂，流量至上，资本为王。

如果我们文艺工作者能够主动提升自身的媒介自觉与跨媒介创作与批评的能力，主动参与融媒体内容建设，就能起到净化网络环境，提供优质内容，守住舆论阵地的积极作用，为社会的媒介化转型和国家的数字化生存与发展做出应有的贡献。

那么，能适应融媒体时代要求的文艺批评家到底应该怎样炼成，有哪些问题要考虑周全？

第一，从批评主体来看，我们首先要完成自身的数码转型。新时代对文艺批评提出新要求、新任务。媒介融合不仅仅是技术支持下的平台与渠道融合，首先要是人的转型。技术进步，加速了人自身的数码化。这不仅指技术工具嵌入人体，更指人嵌入媒介，成为融合网络中不可或缺的一环。如今我们的社会化生存越来越依赖手机，我们在互联网＋的世界中的身份、自我、形象甚至比我们现实生活中的要更加重要。万物互联，人人互联，人物互联，"新媒体不仅仅是社交工具，更是人类存在的方式"。（孙玮，2018）在这样的趋势之下，如果批评者自身不能完成数码化再造与重构，就会阻碍媒介融合的推进。同时，自媒体的崛起，这是一个人人都是批评家的时代，专业批评者如果集体落伍，就会集体失声，就会丧失舆论阵地。

第二，从批评对象来看，融媒体时代的批评，要拓宽研究领域。批评家不能断网，对热点现象、热议话题一无所知或绕道而行。无论是经典文学、电影，还是网文、游戏、脱口秀、街舞、短视频、段子，这些都应该有批评者有意识的研究与介入。批评对象无高低贵贱，红学家要与时俱进，游戏研究者也要遵守学术规范和批评伦理。

第三，从批评生态来看，融媒体时代的批评要注意受众、策略与平台特征。我们不能固守纸媒学术生产，排斥或惧怕跨媒介传播。融媒体时代，全觉叙事是一种趋势，但突出一感，分众传播也是趋势。提笔能写，开机能录，镜前能说，并且能根据不同平台的特质，比如算法、受众、语法调整批评策略与输出方式，这才是融媒体时代需要的批评家。

第四，从批评方式来看，融媒体时代呼唤参与式、沉浸式批评。我们既是文化消费者，也是批评者。既是受众，也是生产者。我们只有先将自身融入媒介，沉浸文化生产与传播的多渠道与多环节，才能探索多种多样的批评。比如弹幕、互动评论、阅读批注等。批评要从单一的文字形式，走向声音、图像等多种形式，要从长篇大论、著作等身走向适合屏读的短平快。

总之，媒介融合似乎大势所趋，势不可当。如何能在21世纪的全球信息化、数字化、媒介化竞争中占得先机,率先发展,是每个有实力的国家必须要思考和布局的任务。文艺批评家在这一潮流中,积极面对,与时俱进,将会为新的技术与社会变革提供有效的人文反思。

附：

首届粤港澳大湾区文艺创新论坛"优秀文艺创新案例"

时代先声——广州文艺百年大展

中国共产党成立100周年前夕，2021年1月24日至3月15日，广州市文联精心策划，由中共广州市委宣传部、《中国艺术报》指导，广州市文联、广东美术馆联合主办的"时代先声——广州文艺百年大展"在广东美术馆展出，引起社会各界的极大关注。大展以时代先声为主题，以红色文艺为主线，结合1000余件文艺精品、历史文献、报纸期刊、名人信札、音像实物等展品，生动展示百年来中国共产党领导下的广州文艺勇立时代潮头、奏响时代强音的波澜壮阔光辉历程。这是全省乃至全国第一次集中对一个历史文化名城的百年红色文化进行的集中回顾，既深刻阐明了文艺是时代前进的号角，又充分体现广州文艺成为中国文艺的时代先声这一特征，是广州在优秀传统文化创造性转化和创新性发展上的一个成功范例。

本次大展以时间为轴线，以事件、人物和作品为顺序的呈现方式，分为"旱天雷·心向光明（1921—1949）""得胜令·红棉璀璨（1949—1978）""风云会·南国春早（1978—2012）""步步高·出新出彩（2012—2021）"以及"广州文艺百年大事记""广州文艺百年大家""广州文艺百年经典影像馆"七大板块。

大展自 2019 年开始筹备，展品征集得到《中国艺术报》、广东美术馆、广东省档案馆、广州市国家档案馆、广东省立中山图书馆、广州鲁迅纪念馆、广州艺术博物院等重要收藏机构以及省市区相关机构、文艺家家属的大力支持和无私帮助，共征集到各类展品 1 万多件，包括文艺作品、图书、期刊、报纸、日记、信札、档案、传单、海报、影像和历史珍贵照片等，具有重要的史料价值，有些是多年难得一见的精品力作，不少珍贵文物还是第一次公开展出。

广州市文联组成了大展策划团队，成立了编委会、学术委员会，开展全面、客观、辩证的论证与整理，以史学的态度还原全貌。听取了众多文艺界、理论界领导和专家的意见建议，结合广州市文联成立 70 周年，组织开展了一系列基础性研究工作，为文献普查和底本征集提供理论依据。此外，还编辑出版了"广州文艺百年丛书"，包括《广州文艺百年大家》、《广州文艺百年文选》（上、下），全面回顾总结、系统呈现广州百年来丰硕的艺术成果与文艺史研究成果，彰显了"风骨、创新、自信"的岭南文艺精神和中国价值，为大展提供了有力的理论和学术支撑。

除时代先声主题馆外，大展还分别设置了事件、人物和音像作品三个专馆，以"一主三辅"的形式展出。在策展构思上，力求既气势恢宏、又精细耐品，既有人文情怀，又有诗意美感，让文献与学术相衬托、作品与精神相辉映。展览从整体色调、动态流线到局部细节，都力求以艺术表现艺术，给观者以最大的艺术享受。为强化真实感、历史感和现场感，主办方竭尽全力搜集实物、真迹、原作、原版。展览充分利用新媒体的呈现方式，融合多种视听手段动态展现经典作品。现场观众可以通过手机扫描，与名作合影，浏览展出作品背后的故事。同时，打造大展在线虚拟展馆（VR展馆），全要素地呈现展览内容，全景式地还原现场体验，打造足不出户、永不落幕的主题展览。

"时代先声——广州文艺百年大展"具有较强创新性。

创新点之一：突出红色文艺主线，树立红色文化激励城市发展的范例。

广州是中国近现代社会变革的策源地和先行者，也是红色文艺的发轫地之一，红色文艺资源十分丰富深厚。1921年《新青年》杂志南迁广州出版，1923年中共中央理论刊物《〈新青年〉季刊》在广州创办、《国际歌》从广州召开的中共"三大"上开始传唱……从左翼文艺浪潮到延安文艺，中国所有叱咤风云的文艺名家无不与广州文艺有着千丝万缕的联系，诞生了《奋起救国》《怒吼吧！中国》《三家巷》《欧阳海之歌》等大量红色文艺经典，成为中国现代红色文艺重要的"播种地"之一。大展在尽力挖掘和还原这条百年历史纵深红线的同时，更着力赋予其赓续红色血脉，迈进新征程、奋进新时代的当代意义。此外，大展借党史学习教育东风，举办了十场主题为"文艺之美 党史之光"的广州市党史学习教育文艺故事会，讲述红色经典文艺作品背后的党史故事，以文艺之美点亮党史之光。

创新点之二：突出思想统揽，以新时代精神激活广州文艺百年历史宝库。

策展者以习近平总书记关于文艺工作的重要论述为统揽，力图通过大展见证党的百年光辉历程。广州文艺恰恰见证100年来中国共产党带领中国人民筚路蓝缕建立新中国、完成社会主义革命和建设、创造性走出一条中国特色社会主义道路，生动描绘了这一伟大历史的大变革和现代中国的崛起。2018年10月，习近平总书记在广州市荔湾区西关历史文化街区永庆坊考察时指出，"注重文明传承、文化延续，力求'让城市留下记忆，让人们记住乡愁'"[1]。展览站在新时代精神高度对广州百年文艺史开展一次庞大的集体创作与研究，因此，大展也是一项宏大的创新性学术成果，从主题到结构全面激活沉淀百年、丰富厚重的广州文艺素材，让原分散、独立、静止的一个个岭南文艺和文化符号活起来动起来，让广州这座古老的历史文化名城焕发出新的时代活力。

创新点之三：突出时代先声主题，以创新创造催生岭南文化新绽放。

时代先声不仅生动传神地揭示了广州百年来城市精神的核心基因和密钥，也是广州文艺百年最为生动鲜活的写照，是广州城市形象和广州文艺的共同符号。大展以气势磅礴、纵横捭阖的历史与时代画卷，突出表现百年广州文艺在时代变迁和社会变革中的先导地位，充分展示了广州文艺开风气之先、领时代之新、走变革之路的精神风格，以及广州文艺家群体作为时代风气的先觉者、先行者、先倡者发挥的积极作用。如第一个出国学习西方艺术的中国人李铁夫，第一部国际获奖影片《渔光曲》，全国第一部表现改革开放进程中个体工商户的电影《雅马哈鱼档》，第一家音乐茶座，等等。通过这无数个全国第一，将广州文艺发时代先声的大展主题演绎得淋漓尽致。

整个大展致敬文化经典，彰显文化力量，增强文化自信，构思精巧，立意高远，守正创新，是一个高品质的文艺史展览。

---

[1] 贺林平：《广州永庆坊 今天更青春（探索城市精细化管理新路子）》，《人民日报》2020年6月15日，第1版。

其一，唱响时代之先声、构建广州精神之塔。"时代先声——广州文艺百年大展"在庆祝中国共产党成立100周年活动中"先声夺人"，用文艺讲述中国故事、传承红色基因、继承优良传统、砥砺奋进前行，真实呈现了南国大地一幕幕驰魂动魄的辉煌与荣光，构建广州精神之塔。

其二，深挖广州文艺资源、焕发新时代活力。通过广州文艺百年书系、大展专题电视片、纪录片、纪念画册等，深挖广州丰富的文艺资源，为广州文艺繁荣发展注入新的活力，推动广州文化强市建设，推动广州加快实现老城市新活力和城市文化综合实力出新出彩贡献新动能，凸显了广州文艺百年的中国价值，成为中国文艺具有参考与研究价值的个案。

其三，进一步强化文化认同、坚定文化自信。大展现场观展观众累计超过3万人次、超过200个团队预约参观，网上展馆点击浏览量10余万次，营造了浓厚的公众参与氛围，掀起了在广州文艺百年大展中学习党史的热潮，中共广州市委主要领导对展览成效和市民群众的强烈反响给予充分肯定，展览成为党建活动的打卡地。全市广大文艺工作者以及市民群众通过感受百年文艺、聆听时代先声、鼓舞奋进力量，对广州产生强烈的文化认同，增强文化自觉，坚定文化自信。

其四，各媒体持续高频宣传，影响辐射全国。仅百度搜索"广州文艺百年大展"相关结果就达1210万个。《人民日报》、中央电视台、《光明日报》、《南方日报》、《羊城晚报》、《广州日报》等主流媒体作了深度报道。人民网、光明网、央广网、网易、搜狐、新浪网、凤凰网、大洋网等数十家媒体纷纷转载。广州市文联先后联合《人民日报》客户端广东频道推出100期"文艺百年·信仰之美"重点主题宣传（点击量超过50万）、与广州市广播电视台联动倾力推出庆祝中国共产党成立100周年《时代先声——广州文艺百年大展》系列节目、在南国文艺微信公众号推出"百年百图——图说广州文艺百年"专栏,在以展览内容为主线构建党史学习教育融媒体宣传矩阵的同时,策划推出了"时代先声——广州文艺百年大展"纪录片、纪念画册等。媒体宣传数量之巨、持续时间之长、力度之大,创造了文艺活动与事件宣传报道新纪录。

其五,专家高度评价,大展意义超越地域范畴。中国文联文艺评论中心主任徐粤春指出,展览梳理百年广州文艺辉煌历程,回顾党领导文艺工作的生动实践,对于新时代繁荣发展中国特色社会主义文艺、推进文化强国建设具有重大启示。广东省文联主席李劲堃表示,广州文艺百年大展是对广州、广东乃至对全国都具有划时代意义和里程碑意义的重大文化项目,不仅仅是百年文艺历史成就的总结和巡礼,更重要的是以新的当代眼光和大文化大历史理念彰显文化文艺的力量。广东省委宣传部原副部长刘斯奋表示,展览表现出一种强烈的责任感和事业心、一种令人钦佩的远见与魄力。美术评论家梁江说,广州见证了百年来社会、历史、文化的剧变,所以展览的意义已经超越了一个地域范畴,也是广东、大湾区甚至中国百年文艺的梳理呈现。

报送单位:广州市文联。

评委会评语:

"时代先声——广州文艺百年大展"用文艺讲述中国故事、传承红色基因、继承优良传统、砥砺奋进前行,全景式真实呈现了南国大地一幕幕驰魂动魄的辉煌与荣光。展览以新时代精神激活广州文艺百年历史宝库,以全新的当代眼光和大文化历史观彰显文艺的力量。

"中国油画第一村"的"脱胎换骨"

——大芬油画村的华丽蝶变

大芬油画村坐落于深圳市龙岗区布吉街道大芬社区，核心区域面积仅0.4平方公里。大芬油画村的形成始于20世纪80年代末，起步于描摹低端行画，走过了市场自发、政府推动、稳定发展的历程，实现了从"大芬制造"到"大芬创造"的蝶变，从单一的油画加工产业向多元化产业方向发展，成为全国首批和深圳市首个"国家文化产业示范基地"，也是深圳文博会分会场的开创者和分会场举办纪录的保持者。目前，大芬油画村集聚1800余家画廊和门店，园区内现有油画从业人员约8000人，加上周边社区从业人员约20000人。高峰时期，欧美市场70%的商品画来自大芬。2020年大芬油画村实现全年总产值41亿元人民币。

由"模仿"到高端原创"正品"的升级转型，到"大芬创作"的品牌树立，大芬油画村走出了一条高质量产业化发展道路，具有较强的创新性和示范性。

创新点之一：党建引领，文化产业与文化事业齐头并进。近年来，大芬村始终坚持"一个核心两条主线"，即以"党建"为核心引领，坚持文化产业和文化事业两手抓的发展思路。大芬油画村先后成立园区党委、大芬油画村文化发展中心、大芬美术产业协会、大芬美术家协会等基层组织，充分发挥街道党工委、园区党委引领作用，整合园区有效资源，共同开展服务工作。中国美协党总支跨越7个层级直插最基层，与深圳大芬油画村园区党委签署了长期合作共建的意向，努力构建资源共享、合力创新的党建工作新格局。

创新点之二：政府扶持，园区实现跨越式发展。大芬油画产业市场形成伊始，市、区、街道各级政府和主管部门通过规划引领、政策扶持等手段，为大芬屹立于产业潮头掌舵导航。近年来，深圳市"十二五"规划将大芬油画产业基地列为首批九大战略性新兴产业基地中唯一的文化产业项目，2016—2017年，龙岗区针对大芬油画村专门编制了《大芬国际艺术城区城市设计方案》《深圳市大芬油画产业基地综合发展规划》，通过政策支持，引导带动大芬转型升级。2020年，大芬油画村成功获评首批"深圳特色文化街区"。

创新点之三：持续注入艺术内涵，原创品牌完成升级转型。中国美术家协会、深圳市委宣传部、龙岗区委区政府、深圳市文联携手打造国家级文艺品牌活动和国际油画展。这也是市文联一直坚持强化市区联动、整合资源、共同发展的硕果。2012年，创办全国（大芬）中青年油画展，成为中国油画艺术界的标志性事件。截至2021年，该展以"实干兴邦""中国梦"等为主题，已连续举办10届，对全国优秀油画作品的"虹吸效应"不断显现，成为全国油画界具有代表性的品牌项目。2020年10月，过往

10届的优秀精品进京在中国美术馆展出，向党的百年华诞献上一份艺术厚礼。2018年，又创办一个新的国际高端展览——深圳大芬国际油画双年展，首届吸引65个国家和地区的2651个艺术家参与；2020年第二届虽然受到疫情影响，投稿数量仍增至66个国家和地区的4475件作品。从地方到全国，再到国际，不断升级锻造"大芬油画"品牌。

创新点之四：产城融合、文旅融合，促生共享多赢局面。一直以来，大芬油画村以建设"大芬国际艺术街区"和"大芬国际艺术家部落集群"为目标，将大芬油画村打造成文化内涵丰富、环境美丽宜人、产业特色鲜明、产城融合发展的特色文化街区。目前，龙岗区正在深入实施大芬油画村片区品质提升工作，近两年先后投入3亿元进行园区基础设施的改造提升，未来两年内还将投入2.5亿元开展景观和运营改造提升。同时，大芬油画村正不断挖掘特色文化，推动文化创意产业发展，集中精力规划建设国际文化艺术街区，使大芬油画村成为具有国际都市形象的新文化景点。

创新点之五：多点发力，园区发展新模式全面开启。一是加强艺术市场的综合服务和管理。二是加强知识产权保护工作。三是加强交流合作、文化输出。四是以"互联网+"模式助推产业创新。

目前，大芬油画村正向建设成为国际化的油画生产基地、油画交易平台、油画展览中心、油画培训基地和油画旅游热点的目标迈进。回望历程，总的来说，取得了"四个新"的成功。

一是大芬油画村树立了文化产业发展的新标杆。自20世纪80年代末起步以来，大芬走过了市场自发、政府推动、稳定发展的三十年发展历程，在国内外创造了"中国油画第一村"和"世界油画·中国大芬"这两大巅峰影响力。它是全国最大的商品油画生产、交易基地，也是全球重要的油画集散地之一。它的品牌和示范效应引起了国内外的广泛关注。上百亿件的绘画产品输送到世界各地，文化展览与文化活动并举，助力大芬油画村成为粤港澳大湾区文化产业繁荣发展的集聚区，成为展示中国文化的窗口，对促进中国文化走向世界起到积极的推动作用。

二是大芬油画村创造了艺术与市场完美融合共生的新生态。大芬村每年近1100万件的艺术产品从大芬油画村走进世界各地的千家万户，装裱、配框、画材、物流等配套服务以及艺术衍生品开发等各种业态在大芬油画村的产业链上循环往复、生生不息。大芬美术馆及园区内的80多家美术培训机构和40多家油画体验店，充分发挥了艺术园区的美育功能。在大芬村，数以十万计的美术工作者依托产业发展实现艺术梦想，响亮地喊出了"艺术与市场在这里对接，才华与财富在这里转换"的口号，艺术与市场在这里共生共荣，逐渐形成了独特的区域文化和产业形态。

三是大芬油画村实现了城中村迈向高端文化城区的新蝶变。在改革开放的重大机遇下，大芬村从无到有，从一个小小的自然村到国家文化产业示范基地。产城融合、文旅融合发展创造了城中村改造的新模式，促使大芬村民走上了致富之路，也为村民创造了具有浓厚文化氛围的生活环境。大芬村油画村也因此成为唯一代表深圳的"城中村再生"案例参展上海世博会城市最佳实践区。

四是大芬油画村成为创意人才集聚之地，培育积蓄了大批艺术原创的新力量。联合深圳市人力资源和社会保障局开展"深圳市绘画职业技能竞赛"，通过积分奖励实现近200余位人才引进入户。大芬美术馆已打造为一个原创油画艺术创作与市场接轨的重要平台；大芬油画村人才住房为园区及周边社区优秀美术工作者提供住房保障服务。目前，大芬已形成全国范围内优质的艺术人才集群。

当前，大芬油画村在深圳建设中国特色社会主义先行示范区和粤港澳大湾区"双区驱动"的指引下,力争在 5 到 8 年内,打造成为集展览展示、特色文化、观光休闲于一体的代表深圳国际化文明城市形象的国际艺术街区,远期将建设成为粤港澳大湾区具有国际影响力的文化创意产业集聚区以及"一带一路"沿线具有改革开放精神的艺术创新实践区。

报送单位:深圳市文联。

评委会评语:

从名画复制到艺术原创,从临摹西方到融合东方神韵,从小作坊到世界最大的油画内外贸产业聚集地,从全国首批和深圳市首个"国家文化产业示范基地"到拥有"深圳大芬国际油画双年展"和"全国(大芬)中青年油画展"两个国家级、国际性文艺品牌,大芬油画村成功实现了"艺术与市场在这里对接,才华与财富在这里转换",打响了"世界油画·中国大芬"的名号。这是一个产业不断升级转型的历程,也是艺术在市场大潮中急流勇进的先行样本。

戏曲电影的"破圈"之作
——《白蛇传·情》

粤剧电影《白蛇传·情》（*White Snake*）取材自中国民间传说故事，由张险峰执导、莫非编剧，中国戏剧梅花奖获得者曾小敏和国家一级演员文汝清主演，珠江电影集团有限公司、广东粤剧院共同打造，是国内首部4K全景声戏曲电影，它以最新的超高清视频技术，演绎传统戏曲经典。

2017年12月26日，"首部4K粤剧电影《白蛇传·情》启动暨4K电影产业链建设发布会"在广州举行，正式开启4K电影产业链建设并拍摄首部4K粤剧电影。2018年7月24日，电影《白蛇传·情》在广东4K电影制作中心开机。2021年4月19日，《白蛇传·情》定档5月20日在中国上映，5月15日至17日该片先后在深圳、东莞、佛山及广州地区提前与观众见面。

有别于传统戏曲电影，粤剧电影《白蛇传·情》既有粤剧传统基因，又致力与当代大众的审美对接，影片结尾对"人妖殊途因情而同归一处"的全新诠释，引起观众共鸣。影片在传统戏曲的基础上寻求创新表达，在电影技术运用和表现方式上都进行了革新型的探索，将观众耳熟能详的"白蛇"故事与非物质文化遗产粤剧巧妙融合，实现了戏曲电影的创新突破。

创新点之一：表现空间的创新。粤剧电影《白蛇传·情》突破了以往大多数舞台艺术片只注重还原舞台剧场的空间感，创造了一个电影空间，突出电影第四面墙。通过电影镜头的捕捉，演员优美的身段展露无遗，实现了戏曲及电影的完美融合。

创新点之二：艺术语言的创新。戏曲舞台的武打、电影的武打加上特效三种元素形成了影片视听上既保留舞台艺术的美，同时创造了电影武打的审美，把原来舞台上的武打戏变成电影特效大片是一种艺术语言的创新。此外影片在保留戏曲经典唱段的同时，大胆融入了弦乐、圆号等西方古典乐器及尺八等传统乐器，增加了环境气氛的渲染。

创新点之三：审美表达的创新。影片借助西方的特效技术来呈现东方的美学，是一次大胆的尝试。粤剧电影《白蛇传· 情》在以往戏曲电影保留较多戏曲舞台感的基础上展开大胆探索，延伸了戏曲舞台的边界，运用国际顶尖特效制作并融入中国绘画艺术风格，实现传统艺术与电影语言的跨界融合，故事发生在宋代，在4K技术的加持下，观众犹如身临其境，沉浸式感受宋代绘画简约、含蓄、气韵、留白的意境之美。

粤剧电影《白蛇传·情》故事情节完整，主演表演自然，情感展现细腻，视觉形象丰富，是一部现代技术新语境下艺术创作的标志性作品，通过市场化运作推广，影片取得了较好的社会效益和经济效益。

其一，影片创造了目前中国戏曲电影票房最高和2021年上半年上映国产影片豆瓣评分最高两项纪录。截至9月27日，影片《白蛇传·情》

总票房达到2138万元，观影人次超55万，打破戏曲电影《李三娘》历史票房纪录（1382.62万元），成为中国影史戏曲类电影票房冠军。影片口碑表现优秀，权威豆瓣电影评分达到8.2分，是同档期上映新片中的最高分数，也成为2021年上半年上映的国产影片中最高评分影片；猫眼评分9.3分，成为当前热映影片中口碑第一名；淘票票评分9.1分，82%大V推荐度。

其二，影片成功"出圈"，引领年轻人关注和喜爱粤剧文化，掀起了传统文化创新传承的热潮。5月8日粤剧电影《白蛇传·情》终极预告片物料发布后一炮而红，仅在B站就达到了近300万人的观看，一举登上当天的热门视频排行榜，不少戏曲界、电影界人士为之震惊。据统计，24岁以下的年轻观众对该片评分最高（9—10分），35岁以下观影群体占比达到85.6%，30岁以下观影群体占比达到71.2%，20—24岁观影群体占比达到36.7%，被誉为"年轻人的第一部粤剧电影"。优秀的中国传统文化终于被年轻人看见并喜爱，这是传统文化创新传承迈出的可喜一步。

其三，影片宣发创造了戏曲电影的发行奇迹，为戏曲电影商业化运作做出有益尝试。本片通过前期精准有效的宣传造势实现了口碑裂变，引发全网关注热议，即便遭遇大片碾压、新片扎堆、疫情影响，最终仍取得了较好的票房成绩，为戏曲电影的商业化运作研究提供了一个范例。截至9月27日，抖音、快手、B站、微博等官方账号累计投放物料及微博话题原创内容总阅读量达2.18亿次，转发官方账号和"自来水"创新内容的点击和播放量超过8100万次；在sir电影、乌鸦电影、吐槽电影院、电影派、三号厅检票员、第一导演、票房探照灯等公众号发布推文20余条，多条推文达到10万+阅读量，总阅读量达数100多万频次。

《白蛇传·情》影片在国内外屡获殊荣：第32届中国电影金鸡奖最佳

戏曲片提名、第二届海南岛国际电影节金椰奖"最佳技术奖"、全国第七届先进影像作品奖（高技术格式影像类）优秀剧情长片奖、第4届加拿大金枫叶国际电影节"最佳戏曲歌舞影片"、第三届平遥国际电影展类型之窗单元"最受欢迎影片"。先后在北美、意大利、希腊和西班牙等国巡映，获得海内外观众特别是年轻观众的青睐。

报送单位：广东粤剧院。

评委会评语：

粤剧电影《白蛇传·情》以4K高清画质和全景声音效，以带有传统粤剧韵味的戏曲电影形式讲述魔幻的人妖恋情故事，将戏曲拉回现代年轻观众视野，其"破圈"创作在粤剧电影拍摄中具有创新意义。它是中国戏曲片的新高度、中国戏曲片大片的新开始、当下戏曲电影新标杆。

纪录片是文化认同最好的媒介
——以纪录片《回响》制作为例

粤港澳大湾区三地同属粤语覆盖范围，但由于历史的原因，三地在共同价值观、文化认同上有着不小的差距。如何让三地更好地相互理解与交流，既是一个全新的挑战，也为提升中国国际话语权提供了重要的实践机遇。

大湾区在中国文化产业的发展中承担着重要使命，更是中国文化和世界文化交流的中心，使得大湾区无可避免地成为世界文化互相碰撞最激烈的区域。作为继新闻文字和摄影之后成为近代最具影响力的载体之一，纪录片在增进粤港澳大湾区文化交流和提升中国国际话语权方面具有重要价值。

一、文化旨归：制作澳门纪录片《回响》的新发现

为澳门制作的一部作曲家的纪录片，带给了创作者新的启发

和思考。这部纪录片的原设想是记录一个澳门合唱团去奥地利的演出，因偶然问起邀请演出的缘由而发掘出此次活动的关键人物：一位去世了的、曾在澳门工作了一辈子的奥地利音乐家 Pather Schmid（司马神父）。

2010 年，合唱指挥伍星洪先生应奥地利的邀请，带他的合唱团去奥地利 Hornstein 演出。演出是为纪念当地一位荣誉市民诞辰 100 周年而举办的活动，而这位荣誉市民，正是在澳门工作了一辈子的奥地利音乐家 Pather Schmid。

从某种意义而言音乐家 Pather Schmid 成就了这次的文化交流。他在澳门留下了大量的音乐作品，合唱团演出的节目都是他奥地利家乡未知的作品。（有些作品由澳门华籍神父另填写了粤语歌词，并由合唱团用普通话演唱）同时，奥地利也把一份在维也纳制作、来自澳门作曲家罗保的作品（音乐家的遗物）回赠给合唱团，以填补澳门这一部分历史资料的空白。最终整个纪录片完全离开了原本的设想，而是把文化交流及其意义作为影片的主旨。从而整个制作项目从随团拍摄一个演出活动，提升成为制作这部反映澳门和奥地利文化交流的纪录片《回响》。

这个项目启迪了该合唱团对澳门本土文化推广的热情，也增加了自信。在后来的几年里，合唱团挖掘出了不少澳门的本地音乐作品并先后赴葡萄牙、意大利及梵蒂冈演出。同时合唱团也渐渐担当起了成为文化交流使者的职能，2014 年 9 月梵蒂冈委派西斯廷教堂合唱团开启了首个中国之旅，9 月 19 日到达澳门，21 日到达香港，23 日到达台北。合唱团成为了代表澳门的对接单位。这个项目启迪了合唱团对澳门本土文化推广的热情，在后来的几年里，合唱团挖掘出了不少澳门的本地音乐作品并先后赴葡萄牙、意大利及梵蒂冈演出。每年外演之外也在澳门举办年度音乐会演出新发掘出的澳门作品并获得澳门特区政府的资助。而合唱团的人数也在增加。

也因为纪录片《回响》，让本片编导何威对澳门的文化历史有了全新的认识。澳门在中西文化交流历史中的价值以及活化文化遗产方面有非常大的深入研究空间。例如澳门的圣保罗书院（Colégio de São Paulo）是远东第一所西方大学（建于1594年），去中国和日本传教的教士都先在此培训，而大三巴牌坊正是大学的教堂遗址。若是从中西双向研究澳门的文化，相信不仅成果更多，澳门文化的认知性也能迅速提高。毕竟双向比单向的文化交流更有效率，也更容易打破地域的局限性。

二、交流融合：纪录片承载对外文化交流重要功能

这个项目带来以下几点启发：

（一）纪录片促进文化推广与交流

要在世界立足，不是单靠武力与经济，更需要文化的实力。纪录片不是仅仅的事件记录，而是围绕事件的前因后果，理性地分析、评估其价值、影响及意义。因此，它更多的像一种人文学术的研究，而非纯粹的一种影视制作。也正因为这个特点，制作者的前设立场、客观性、主观性的观察、分析和评论都会完完全全在影片中呈现出来。

各国尤其是发达国家对纪录片的重视程度都是非常的高。通过纪录片项目不仅可以推广本地文化，也有助于建立文化自信，更对当地产生衍生作用（传播产业走出地域的限制），因此纪录片对大湾区未来文化交流和推广可起到重要作用。中国民众对官方代表的正统文化和官方宣传片有

极高的认可度，但西方民众并不如此，他们更偏重信任民间组织发出的声音。因此，纪录片的制作和宣传可以利用大湾区内更多的民间媒体机构的制作和传播优势（在海外也有广泛的华人脉络关系），而非仅仅官方独家传播。

（二）纪录片是表达中国声音的一个重要载体

话语权由两个部分组成，传播范围和接受程度。传播范围广固然是话语权强大的一种表现，但同时也受到接受程度的影响。除了语言差异本身的问题，我们的传播困难也在于我们和西方文化在表达上的差异。

西方文化的表述是从微观到宏观，而中国文化的表述是从宏观到微观，这使得表述的重点并不完全相同。例如我们讲宇宙、自然和集体社会的和谐，在西方讲个人利益、权利和自我奋斗。他们更加容易落入民族主义的狭义思想之中，很难理解中国提出的"人类命运共同体"的理念。

（三）消弭东西方文化交流的鸿沟

我们对西方近些年对中国的诬蔑行径感到震惊和不安，但其实这是西方的一惯行为，只不过过去的中国，并不是西方看重的对手。历史上让西方不安的对手，都无一幸免地被其恶意诋毁或诬蔑，不论是被称为"异教徒"的阿拉伯人，还是大败欧洲联军被称为"反基督徒"的拿破仑。

我们的文化背景教育，使得我们常常以君子之心度小人之腹，加之轻信西方的道德宣传，因此误解其实很严重。并不是说西方没有道德，但是西方道德产生的源泉不是社会而是宗教。因此在社会道德方面他们更加信奉"丛林法则"。而宗教内涵的解释权在教廷，故而才会有了"赎罪券"和马丁路德的新基督教。固然应该以摆事实讲道理和西方交流，但在话语传播不足和面对污名化所致的认知缺乏下，道理便很难被人接受了。故此在大湾区文艺传播的建构中，要充分了解西方世界的文化特性，以多样性提升西方普通受众对中国文化的认同最大化。目前官方的宣传片无法替代纪录片的作用，因为西方的民众需要从民间的角度去说服。

文化认同：纪录片凭借理性思考促进价值认同

电影是建立共同价值观最好的媒介，而纪录片是文化认同最好的媒介。前者通过故事让人接受思想，后者通过理性思考深入地介绍非表面化的、非直观性的人文社会，让生活在西方文化下的人群认识、理解并接受中国的价值观和文化理念，因而纪录片在记录历史、人类社会思想和充分认识世界都有着不可替代的作用。正确引导纪录片制作将在中西文化交流、中国文化推广乃至世界话语权发挥巨大的潜在功用。

报送单位：中国文艺评论家协会香港会员分会 由中国文艺评论家协会香港会员分会主席、香港影评人协会荣誉会长何威编导。

评委会评语：

香港编导何威的纪录片《回响》选择中西双向文化推广与交流形式的多样性和受众的接受性切入点对澳门文化进行推广，迅速提高人们对其认知，有效打破地域的局限性，此举有利于作品推出更多文艺审美成果，在增进地区文化推广与交流、提升话语权方面具有积极实践创新价值。

小榄菊花会

南宋以来，中山市小榄镇先民因菊定居、与菊结缘，榄人种菊、赏菊、吟菊、画菊之风日渐兴盛，到了清代，这股文人士大夫间流行的风雅文化慢慢吹向民间，菊社、菊会之俗渐成，赏菊雅集成为阖乡的民间盛事。清代以来，"每逢甲戌吐芳华"的60年菊会之约，逐步演化为一年一小展、数年一中展的大型综合性民俗文化盛会。2006年，"小榄菊花会"被列入首批国家级非遗名录。得益于小榄文艺事业的繁荣兴盛，经过近年来市镇的共同倡导推动，文艺创作成为小榄菊花会内涵最为生动鲜活的部分。

小榄文脉兴盛、艺坛璀璨，"工诗文、擅书画"之风历代承传，曾孕育出伍瑞隆、李孙宸、何吾驺、何长清、蒋莲、王侠君等一大批文艺名家。近年来，在中山市文联、小榄镇文联的团结引领下，小榄文艺事业蓬勃发展，涌现大批菊花题材文艺人才和精品，如书法家骆培华、贺溪阳，漫画家方唐，画家陈舫枝、梁欣基、黎柱成，陶艺大师何湛泉等。2009年，小榄镇获"中国书法之乡""中国书法家创作培训基地"的称号。

近年来,小榄镇在党的领导下、在小榄镇文联的大力推动下,深入挖掘历史人文资源,通过传统节庆小榄菊花会积极组织文艺创作,用文艺真实反映基层百姓的写意生活,生动记录小康路上的精彩瞬间,努力擘画乡村振兴的美丽画卷,在促进人民精神生活共同富裕方面,作出了有益的探索和良好的示范。

创新点之一:传统节庆带旺文艺品牌。小榄菊花会有着200多年的悠久历史,菊花文化甚至可追溯到开村之始,达800多年之久,其内嵌在文艺创作中的基因具有深厚的传统特性。小榄菊花主题文艺创作的传统性是相对于现代性而言的,主要表现在相对于现代的歌舞、小品、油画等艺术形式,更偏重于传统的诗词、戏曲、书画等形式,观众对其观赏也更倾向于古色古韵的风格。因此,每年的传统书画类征稿和展览、菊花会曲艺周等活动的受众面都非常广泛。

目前,小榄镇创新培育的文化品牌活动有每4年一届、已延续6届的全镇性书画大赛,以及每年菊花会主题摄影比赛、菊花主题楹联征集活动、菊花会曲艺周、菊花主题师生美术作品展、主题藏品展等。小榄文艺创作者推出了《风雅菊城》《菊香集》等咏菊专题诗文集,《菊韵》《菊花之约》《金的菊花金的秋》等歌曲演艺作品。"万人书法现场挥毫活动""'百年风华'小榄菊花会诗书画作品征集活动""菊城咏菊书画展""菊花长卷图创作"等菊花专题书画展览、现场笔会等活动,让菊花文化内涵和外延变得更丰富。

创新点之二:菊文化浸润下,全民文化素养提高。小榄菊花会是中国菊文化最集中的体现,群众参与性极强,文化内涵深厚,具有较高的历史和文化价值。同时,菊花品性高洁,早已深入人心,传承菊文化的小榄菊花会对陶冶性情、提高群众文化素养、增进对外文化交流、构建和谐社会均有重要的促进作用。

菊花会原为民间自发组织，群众基础好，文化认同度高。小榄文艺创作者从情感需求和市场需求上都愿意创作以菊为题的作品，也有更高的积极性去组织参与创作活动。20世纪90年代中期，许多曾涉足小榄艺坛的企业家重新"回归"，他们出钱出力出主意，自觉担当文艺社团的领头人，身体力行带领协会积极开展活动，举办名家讲学、展览交流、组织创作、出版刊物等。闻名全国的"小榄书法现象"就是在政府引导下，民间企业和社团共同努力的结果，至今全镇共有中国书法家协会会员10人，广东省书法家协会会员67人，一个小镇竟亮出如此惊人的数字，在全国书法界实属瞩目。

尤为难得的是，小榄教育文化部门在全镇中小学、幼儿园大力推进菊花文化乡土教育，通过开展校园赏菊、种菊、画菊、咏菊等活动，让师生接受菊花文化熏陶，增强学生的爱菊爱乡情怀。小榄编制普及了以小榄菊花文化为主题的《小榄乡土教材》小学和中学两个版本，逐渐形成了菊花陶艺、烙画、粘贴画、版画、剪纸、毛线画及菊花书法、诗词等10多个门类的特色项目。通过以公办学校自主举办、公办与民办学校结对举办等不同形式，每年开展菊花主题师生美术展、菊花文化节等类型丰富的主题文化活动，形成了"一校一精品，一班一亮点"的菊花美育教育体系。2016年唐山世界园艺博览会国际精品菊花展期间，小榄镇送选了近50幅校园菊花题材艺术作品参展。

创新点之三："内拓外联"打造民俗盛会。目前，小榄镇文联共有19个团体会员，其中以书法、美术、摄影、文学、曲艺最为成熟，表现为团体日常管理更为规范、活动更为常态化，以及会员人数更为庞大和固定，这些协会是小榄菊花主题文艺创作的中坚力量。除了"小榄书法现象"，小榄美术界也有"榄山八友"，是小榄本土国画家创作与学术交流团体，其成员基本为在小榄工作、生活的国画创作者，是本土国画界交流、雅集的平台。2018年，榄山八友曾专题策划了菊花会主题中国画作品展览，成人以菊文化为题开展创作，创作出80多件菊花主题中国画作品。

在中山市文联的积极推动下，2018年，小榄菊花会以"菊绽新时代"为主题与第六届岭南民俗文化节共同举办，会场结合改革开放40周年主题，设立百鸟朝凤等各式菊花扎作造景，与来自省内16个地区的民俗文化节目同场竞艺，打造出"海纳百川，有容乃大"的岭南民俗文化盛宴。2020年，小榄菊花会再次与"国字号"活动同台共舞，与我国规模最大、规格最高的民俗盛会——"花动菊城　风起香山"第十二届中国民间艺术节共同举办。其间，全国各地知名的专家学者，25个省、自治区、直辖市的34支民间文艺表演队伍，近1000名民间文艺家齐聚小榄，先后举办民间艺术节开幕式、第十五届"山花奖·优秀民间艺术表演"（民间广场舞、民歌）初评活动和展演、民间艺术展演下基层、民俗文化论坛、第三届广东农民画展等活动，让百年黄花与全国各地民间艺术同场献艺、交相辉映。

报送单位：中山市文联。

评委会评语：

  被列入首批国家级非遗名录的"小榄菊花会"，是中国菊城——中山市小榄镇以文艺精品丰富基层文化、以文化振兴引领乡村振兴的一个缩影。近年来，小榄镇在党的领导下、在小榄镇文联的大力推动下，深入挖掘历史人文资源、积极组织文艺创作，用文艺真实反映基层百姓的写意生活，生动记录小康路上的精彩瞬间，努力擘画乡村振兴的美丽画卷，在促进人民精神生活共同富裕方面，作出了有益的探索和良好的示范。

跨海长虹
——陈许港珠澳大桥主题油画展

2018年6月至2020年7月间,"跨海长虹——陈许港珠澳大桥主题油画展"在澳门举办首展后,又移师珠海、顺德、阳江、东莞、肇庆、中山、广州、清远巡回展出。展览展出陈许创作的50余幅以港珠澳大桥为主题的系列油画作品,为大湾区市民送上了艺术盛宴,以此方式向参与港珠澳大桥施工建设的中国工匠致敬,向这些用中国智慧创造了中国骄傲的建设者们致敬!展览获得了超出预期的良好反响。《中国艺术报》《羊城晚报》《广州日报》《澳门大湾区时报》《新快报》《信息时报》以及广东电视台等多家媒体给予了深度报道。

"跨海长虹——陈许港珠澳大桥主题油画展"的创新意义体现在以下几个方面:

一、艺术家把理想追求融入国家和民族的伟大事业中，使作品具有了超越艺术价值本身的社会意义

艺术家生活在社会大变革的某个节点，对艺术创作来说是千载难逢的机遇。当前，习近平总书记要求广东举全省之力建设粤港澳大湾区，作为文艺工作者，在大湾区建设过程中，一定是其中一个重要的建设力量，不仅不可缺位，而且应该有所担当，有所作为。港珠澳大桥被誉为"世界桥梁界的珠穆朗玛峰"，是世界桥梁史上的一大创举，其建造过程和场景都无法重演。那么，艺术地将之定格、再现，显然具有特别重要的艺术价值和社会意义。

陈许是个有责任心的艺术家，他自觉把个人的理想追求融入国家和民族的伟大事业中，远离浮躁，专注纯粹，把全部的精力与心神投入这项工程浩大的港珠澳大桥主题系列创作之中。陈许供职的保利长大工程有限公司是港珠澳大桥的承建单位，因此他有机会亲历了大桥从奠基到开工到各个端口接龙到最后完成测试通车的全过程。从2010年开始创作素材的积攒，到后来艺术灵感的酝酿发酵，2018年港珠澳大桥临通车之际，陈许交出了这批描绘港珠澳大桥波澜壮阔的建设场面的系列成果。

九年创作一个题材，这是常人难以做到的，是一个非常艰苦的过程。陈许以艺术的方式、以油画为载体，创作出这批有筋骨、有道德、有温度的好作品，广东省人民政府文史研究馆、广东省粤港澳合作促进会、广东省美协等单位慧眼识珠，及时发现了这一系列作品所具有的艺术价值和社会意义，于是联合为这批作品举办巡回展。

二、艺术家以写意手法表现宏大题材，画面气势磅礴、震撼人心

追求个性表现的陈许长于写意风景油画，具体在作品中，是凝练简洁，是外松内紧，是对绘画中那些概念化模式的自觉剔除。在创作港珠澳大桥系列作品时，他更加大胆地构设，浪漫想象，删繁就简，通过色相、虚实和节奏的把握来强化画面的气势感，空间与氛围的营造在注入当代元素的同时坚守传统之优雅，体现了中国风景油画中的东方审美情趣。他直取最动人心魄的部分，画出了港珠澳大桥的魂，所以画面有扑面而来的力量，既霸悍强势却又极其柔软地触碰并唤醒观者心底潜藏的对美的感受。他敏锐的艺术触觉、独特的取材视角、豪放的表现手法，将火热的建设工地艺术地呈现，画面气势磅礴、震撼人心，除了展现出桥梁建造的宏大气派与现代科技的文明先进，这些匠心之作还散发出人类审美理想的魅力，让人赏心悦目，强烈的视觉冲击力在给人身临其境之感的同时，又获得了美好的艺术熏陶和享受。

三、展览链接起整个大湾区城市群，讲好中国故事，推进公共外交

港珠澳大桥，是迄今为止世界最长的跨海大桥，也是中国建设史上里程最长、投资最多、施工难度最大的跨海桥梁。在一串串数据和荣誉背后是建设者夜以继日的勇敢创新和艰苦奋斗，在建设过程中，中国人将刻在骨子里勤劳、勇敢、坚韧的精神发挥得淋漓尽致。这批港珠澳大桥主题系

列作品，讴歌的就是这些建设者，展现的是工匠精神、中国创造！

"跨海长虹——陈许港珠澳大桥主题油画展"自澳门开幕，随后几乎串联了整个大湾区城市群，结合珠海、顺德、阳江、东莞、肇庆、中山、广州、清远等地的重大活动安排这批作品到当地展出。如在肇庆举办"湾区花正开"首届粤港澳大湾区文化艺术节期间专设分会场举办"跨海长虹——陈许港珠澳大桥主题油画展"，展览丰富了艺术节的表现形式，提高了艺术节的整体水平，扩大了艺术节的影响力；值 2019 年"广东公共外事周"期间，该展在广州南岸美术馆举办特展，吸引了世界各地的外交使者前来观展，盛况空前，影响甚大，其艺术创作、展览活动，实际上已经发挥着推进公共外交的作用。

四、展览系列作品是艺术紧跟时代的典范，引发湾区题材艺术创作的热潮

陈许的这批系列创作，是艺术紧跟时代、介入并反映生活的典范。随着巡回展的举办，其艺术价值及社会意义也越来越明显地呈现出来。这批有很高艺术造诣和现实价值的作品，在艺术界以及社会各界均获得广泛好评，并引起高度的社会关注，被誉为目前以大湾区为题材的艺术创作中优秀的代表作品。

展览的举办，同时也引发了人们对于大湾区题材艺术创作等有关文艺热点现象的高度关注，进一步引发了当下大湾区题材艺术创作的热潮。大家都被陈许非凡的毅力和执着的精神深深地感动，觉得艺术家就应该像陈许那样，把崇德尚艺作为一生的功课，追求德艺双馨，努力追求真才学、

好德行、高品位，努力践行社会主义核心价值观，做有信仰、有情怀、有担当的新时代文艺工作者。

展览所到之处，这批有很高艺术造诣和现实价值的作品，在艺术界以及社会各界均获得广泛好评。广东省委宣传部原副部长刘斯奋专门为巡回展撰写了前言，他认为："在写意油画的探索方面，陈许迈出了相当成功的一步，他是有数几位在写意油画方面做出成功探索的画家之一！"省美协专职副主席王永在珠海展开幕式上这样评价：陈许用九年时间真正地深入观察、感受了港珠澳大桥，这是真正地深入生活。这批作品，从艺术创作的角度、从他呈现的方式，是一个非常好的、非常符合艺术创作的本质和规律的范例。原中国美协副主席许钦松在肇庆展开幕式上致辞：陈许的这批作品，体现着我们所倡导的工匠精神，是艺术紧跟时代、介入并反映生活的一个非常难得的典范，是目前以大湾区为题材的艺术创作中优秀的代表作品。他的这批作品的艺术价值，以后一定会慢慢体现出来，并会奠定它的历史地位。

报送单位：保利长大工程有限公司。

评委会评语：

"跨海长虹——陈许港珠澳大桥主题油画展"自 2018 年始在澳门、珠海、顺德、东莞、肇庆、中山、广州等地巡回展出，几乎链接了整个大湾区城市群。油画家陈许用九年时间创作一个题材，以艺术形式记录、反映大湾区的建设进程，讴歌工匠精神，是艺术紧跟时代、介入并反映生活的一个非常难得的典范，这批作品是目前以大湾区为题材的艺术创作中的代表作品。艺术家把理想追求融入国家和民族的伟大事业，使作品具有了超越艺术价值本身的社会意义。